# 一人暮らしを始めたら、姉の友人たちが家に泊まりに来るようになった 2

友橋かめつ
イラスト えーる
キャラクター原案・漫画 真木ゆいち

「……私たちはいったい
何を見せられているのでしょう？」
田中優斗
自立のために一人暮らしを始めたものの、
姉の友人たちに甘やかされて
中々上手くいかない日々を
送っている。
白瀬奏
料理上手で好きなものに
対する愛が重め。
男性が苦手で潔癖症。

「さあ！　お金の配分について決めましょう！
あたしはプロデューサーだから
貰う権利はあるわよね？　よね？」
「ほら、ここにも取り憑かれたのが一人……」
如月杏美
映画研究部の部長。
光る原石を見抜く才能はピカイチだが、
自分で創作することに関しては全く才能がない。

「いやいやいや。日本の貧困についてのドキュメンタリー動画だったけど」
赤坂朱音
明るく人当たりが良い。
気に入った相手を困らせるのが
好きというSっ気のある一面も。
一ノ瀬
身体能力抜
ただし、働き
持ち主で生

# 一人暮らしを始めたら、姉の友人たちが家に泊まりに来るようになった 2

友橋かめつ

OVERLAP

# CONTENTS

When I started to live alone,
my sister's friends started to stay at my house.

イラスト　えーる
キャラクター原案・漫画　真木ゆいち

# プロローグ

When I started to live alone,
my sister's friends started to stay at my house.

僕——田中《たなか》ユウトは高校入学を機に一人暮らしを始めた。

炊事に掃除に洗濯と、今まで両親にして貰《もら》っていたことを全部自分で行い、家賃以外の生活費もアルバイトをして稼ぐ。

そして自立した人間になる——はずだった。

けれど……。

「ユウトくん、ごはんができましたよ」

休日。僕が一人暮らしをしている部屋。

高校から歩いて五分のところにある二階建ての古い鉄筋アパート。

七・六帖《じょう》の洋室に裸エプロン姿で料理を運んできたのは、僕の通う高校の一つ上の学年の白瀬《しらせ》カナデさんだった。

彼女は幽霊部員だらけの料理研究部の部長であり、僕に料理を教えてくれるという名目で頻繁に僕の家に通っていた。

ちなみに僕の姉のマキねえとも友達らしい。

「今日のごはんはユウトくんの好きなハンバーグです」

「うわあ！　やったあ！　僕、カナデさんの作るハンバーグ大好きです！　目玉焼きが上に乗ってるのもワクワクする――じゃない！」

思わず浮かれてしまった僕は、しかし慌てて我に返った。

「カナデさんに料理を教えて貰うってことだったはずなのに！　いつの間にか全部作って貰うようになってる！」

「それに何か問題が？」

「大ありですよ！　僕は自炊できるようになりたいんです！　ハンバーグもちゃんと自分で作れるようにならないと！」

「ですが、料理には危険がつきものです」とカナデさんは言った。「ユウトくんに怪我《けが》をさせるわけにはいきませんから」

「元よりそれは覚悟の上です！」

「なりません。あなたの珠《たま》のような身体《からだ》は、ご両親から授かった大切なもの。その宝物に傷がつくのは私自身が耐えられません」

「何その死地に赴こうとする主《あるじ》と従者みたいな会話」

ソファに寝転がっていたアカネさんが呆《あき》れたように呟《つぶや》いた。

彼女――赤坂《あかさか》アカネさんも姉の友人の一人だった。カナデさんと同じく、いつの間にか僕の家に入り浸るようになっている。

「たかがハンバーグ作るだけで大げさすぎるでしょ」

「たかがハンバーグ、されどハンバーグです。油断していると、寝首を掻《か》かれてしまうことにもなりかねません」

「ハンバーグに寝首を掻かれるってなに？」

カナデさんは少し――いや、少しどころじゃないかもしれない――過保護で、僕の身を案じてくれているようだった。

ただそのおかげで（あるいはそのせいで）全然料理を覚えられないでいた。

「まあ良いではないか。作ってくれるというのなら、その言葉に甘えれば。私も白瀬さんに衣食住の世話をして貰いたいぞ」

ダメ人間のお手本のようなセリフを口にしながら食卓につこうとするのは、カナデさんと同じ二年生の一ノ瀬《いちのせ》イブキさんだ。

運動神経抜群であらゆるスポーツをこなせるスーパーアスリートだが、生活力は皆無でいつもお腹《なか》を空《す》かせている。

お隣に住んでいるが、電気やガスが停《と》まることが多々あり、僕の部屋にお風呂を借りに来たりご飯を食べに来ていた。

これまた姉の友人だった。姉のマキねえは交友範囲が非常に広いのだ。

「私は人に作って貰ったハンバーグ、とても好きだぞ。奢《おご》りなら尚更《なおさら》だ。さあ、冷めないうちに食べようじゃないか」

「一ノ瀬さん。私はあなたにご馳走《ちそう》すると言った覚えはありませんが」

「えっ!?」

「働かざる者、食うべからずです」とカナデさんは指を立てる。「食べたいなら洗濯物を取り込んでください」

「それくらいならお安いごようだ！」

イブキさんは立ち上がると、ベランダに干された洗濯物を取り込もうとする。僕はそれに思わず待ったをかけていた。

「洗濯物くらい、自分で取り込みますから！」

「いいや！　私がやる！　ハンバーグを食べるためだ！　ユウト、止めてくれるな！　私の職を奪わないでくれ！」

「ええー……」

そもそも洗濯物を干したのもカナデさんなんだ。

取り込みをイブキさんにさせたら、洗濯を全部人に任せてることになる。

僕が洗濯は自分でやると申し出た際、カナデさんは『誤って洗濯機の中に落ちてしまう危険性がありますから』と言って訴えを退けた。

控訴したが、最高裁で棄却された。そりゃそうだ。地裁から最高裁に至るまで、裁判長は全てカナデさんなのだから。

というか、さすがに洗濯機の中に落ちるわけない。子供じゃないんだから。チャイルドロックは必要ない。

「よし！　無事、取り込み完了だ！」

アスリートとしての抜群の運動神経か、あるいは一秒でも早くハンバーグを食べたいという執念のなせる業か——。

いずれにしてもイブキさんの洗濯物を取り込む速度は超高速だった。胸元に抱えながらベランダから室内に戻ってくる。

その時、抱えていた洗濯物の山から、木の葉のようにひらりと一枚が落ちた。

それはソファで寝転んでスマホを弄《いじ》っていたアカネさんの足下に着地した。アカネさんはひょいと漂着物を拾い上げる。

「ユウトくん、パンツ落ちてたよ」

「うぎゃあああああ!?」

掲げられたそれを、僕はすぐさま奪い取った。見られてしまわないよう、ズボンのポケットの奥深くにねじ込む。

「可愛《かわい》いトランクスだったねー」

「わざわざ言わなくていいですから!」

ニヤニヤと笑うアカネさんの視線を受けて、僕の顔はかあっと熱くなる。年上の女子に下着を見られてしまうとは……。

姉に見られるのも抵抗あるのに。

というか、洗濯して貰ってる以上、カナデさんにも見られてるんだけど……。向こうは全く意識していないみたいだし。

「ユウト。トランクスも良いが、ボクサーパンツの方がフィット感があって、運動する時にパフォーマンスを上げられると聞くぞ」

「オススメするより先に、もっと他の反応があるでしょ！」

イブキさんも他の二人と同じく、僕の下着を見てもまるで動揺していない。それどころかボクサーパンツを勧めてくる始末だ。

僕だけ意識してるのが凄《すご》いアホらしくなるな……。

「皆さん、ご飯の時間ですよ」

気づいた時には、すでに配膳も終わっていた。

結局、料理から洗濯まで全部人にやって貰ってるし……！　全部自分でできるようになるために一人暮らしを始めたはずなのに！

「あ、ユウトくん。ついでにキッチン周りのお掃除もしておきました」

掃除もして貰ってた！

実家にいた時と同じくらい、それ以上に人にして貰ってる！

「では、いただきましょう」

「「いただきまーす」」

僕と姉の友人たちは木のテーブルを囲むと手を合わせた。

カナデさんが作ってくれた料理――ハンバーグにポテトサラダ、目玉焼き、白米に豆腐とわかめの味噌汁《みそしる》――をそれぞれ口にする。

「めっちゃおいひぃ……！」

箸で割ったハンバーグを食べた瞬間、口の中いっぱいに、ミンチに閉じ込められていた甘い肉汁が染み渡った。

焼き加減も絶妙で、白米を掻き込まずにはいられない。

「カナデさん！　このハンバーグ、凄くおいしいです！」

「喜んで貰えてよかったです」とカナデさんは嬉《うれ》しそうに頬を上気させていた。「ご飯のおかわりもありますから」

「やった！」

「さすが、料理研究部の部長なだけあるね」

普段、カナデさんとはそりが合わないアカネさんも、カナデさんの料理の腕前に関しては舌を巻いているようだった。

イブキさんも僕と同じ、いやそれ以上の勢いで白米を掻き込んでいるだろう——と思い右手に座る彼女を見やった。

けれど、イブキさんの食べる手は止まっていた。

「温かいご飯というのは、素晴らしいものだな……」

普段、冷えたご飯ばかり食べているからだろう。イブキさんの目からは、つうっ、と感動の涙が伝い落ちていた。

「全身の細胞が歓喜に打ち震えているのが分かる……」

人は美味《おい》しすぎると、動ではなく静の状態になるらしい。

それにしても――と箸を動かして食べながら思う。

僕は自立するために一人暮らしを始めたのに、今のところ全く自立できていない。料理も掃除も洗濯も全部頼ってしまっている。

僕は皆から（特にカナデさんから）、可愛いペットみたいに見られてる。

だから世話を焼きたくなるのだろう。

その気持ちに甘んじるわけにはいかない。

さっき下着を見られた時、誰一人動揺しなかったのもそれが理由だ。

マキねえの弟、あるいは可愛らしいペット――異性として認識されていないから、下着を見ても何も思われないのだろう。

ただ……。

「ねえユウトくん、あたしがあーんしてあげよっか？」

ニヤニヤとしながら、僕のことをからかってくるアカネさん。

その姿を見て、僕は以前の記憶を思い出していた。

――あの日、アカネさんはソファでうたた寝していた僕に口づけをしてきた。ほっぺたでもおでこでもない。唇に。

お泊まり会をした時、アカネさんは言っていた。相手の口にチューをするのは、異性として意識している相手だけだと。

あれ以来、僕たちの間に特別変わったことはなかった。

アカネさんがからかってきて、僕がそれに動揺したり言い返したり、出会った時からの距離感を保ち続けている。

もしかして全部、夢だったんじゃないかと思うくらいに――。

と、その時だった。

「隙あり！」

アカネさんはぼーっとしていた僕の、ぽかんと開いた口の中に、ポテトサラダの具材のキュウリを差し入れてきた。

「な、なぜキュウリだけを……？」

「あたし、キュウリのアンチだから」

「キュウリにアンチなんていたんだ」

「赤坂さん、お行儀が悪いですよ」

「私はキュウリ好きだぞ！　瑞々《みずみず》しくて、美味しいからな！　赤坂さんがいらないというなら私のお皿に載せてくれ！」

自立するために始めた一人暮らしだったが、気づいた時には、姉の友人たちが僕の部屋をたまり場にしていた。

彼女たちと過ごす賑《にぎ》やかな毎日。

僕はそれが嫌いじゃなかった。

……甘えすぎてる現状はどうにかしないととは思うけど。

# 第一章　イブキさんの明るいバイト計画



両親に家賃は支払って貰《もら》っているけど、その他の生活費は全て自腹だ。

一ヶ月でだいたい四万円から五万円程度は必要になる。だからその分を僕はコンビニのアルバイトをすることで稼いでいた。

コンビニバイトを始めてそろそろ二ヶ月になろうとしている。

最初こそ覚えることも多く、苦戦することも多々あったけれど、今ではすっかり慣れて動じることもなくなっていた。

「兄ちゃん、マルホロを一箱くれ」

「はい！　こちらでよろしいですか？」

「宅配便を出したいんだけど」

「では寸法をお測りしますね」

「ライブのチケット発券して貰える？」

「お任せください！　すぐに発券します！」

今ではお客さんからの要望にもスムーズに応対できる。

名札についていた研修中の若葉マークも取れていた。

自分一人で回せるようになると、ようやく店の戦力になった感じがして嬉しい。

最初は指導役のアカネさんと常に同じシフトだったけれど、今は他のアルバイトの人とシフトに入ることも増えていた。

土曜日の今日は、朝から夕方までが僕の担当シフトだった。

朝からお昼まで働くと、昼の休憩を挟み、夕方までまた働く。ようやく仕事を終えた頃には心身共にクタクタになっていた。

「田中《たなか》くん、おつかれさま」

バックヤードに戻ると、控え室で店長が迎えてくれた。爪楊枝《つまようじ》みたいに目が細く、人柄の良さが顔に滲《にじ》み出ている。

「アイス食べる？」

「良いんですか？」

「一日よく働いてくれたからね」

僕はお言葉に甘えて受け取ることにした。ソーダ味の棒アイス。労働に疲れた身体《からだ》に爽やかな甘みが潤いを与えてくれる。

「田中くんはシフトも融通が利くし、一生懸命働いてくれるし。大助かりだよ。一ヶ月も持たずに辞めちゃう子も多いから」

「そうなんですか？」

「この前も新しいバイトの子が入ったんだけど、覚えることが多すぎて、初日が終わった時点で辞めるって言われたよ」

「ご愁傷様です」

「それは何というか」と僕は言葉を選んだ。

「けど、申し訳ないことをしちゃったなあ」

「申し訳ないこと？」

「うん。もっと僕にできることはあったんじゃないかって」

と店長は悔いるような面持ちをしていた。

「いや普通、そこは怒ったりするものなんじゃ……」

「ほらバイトをすぐに辞めちゃうと、自分に自信がなくなっちゃうでしょ。あの子の将来に悪い影響を与えないといいけど……」

店長は心配そうにしていた。

「仕事ができないって言うのも、たまたまその仕事が合わなかっただけで、その人が悪いというんじゃないからね。自分に合う仕事が見つかれば、きっと花開くはずだよ。辞めた子にもそう伝えたんだけど」

「良い人が過ぎるなあ」

けど、そのせいで損することもたくさんあるんだろうなあ……。店長がほっそりしてるのは心労もあるのではと思う。

「あ、そうだ」退勤しようとした僕は、ふと思い出した。「店長。その何というか、今日も良いですか？」

店長はすぐにそれが何か悟ったようだ。

「ああ、お弁当ね。いいよ。好きなものを持って帰るといい。だけど、たまには他のものも食べないとダメだよ？」

「あはは」

思わず乾いた笑いを浮かべてしまう。

コンビニ弁当を持ち帰るのは僕だけど、それを食べるのは僕じゃない。だけど、店長にはそう伝えるわけにはいかない。

「もしあれだったら、うちに食べに来てもいいし。奥さんに君の話をしたら、一度会ってみたいと言っていたから。大歓迎だよ」

そう言うと、店長はふと気がついたように慌てふためいた。

「あ、こういうのは今はハラスメントになっちゃうのかな？　ごめんごめん。全然無理にとは言わないから」

「ありがとうございます。今度、伺わせて貰いますね」

店長の申し出は嬉しいし、ありがたい。

けど、食べるのに困ってるのは僕じゃないんだよなあ……。

店長の家にイブキさんを連れていったら、店長も店長の奥さんも『えーと……誰？』と目を丸くするに違いない。

実際店長ならそれでもご飯を食べさせてくれそうな気がするし、イブキさんも遠慮せずにぺろりと平らげるとは思うけれど――。

さすがにそこまで世話になるわけにはいかない気がする。

店の裏口から外に出ると、夕焼け空が広がっていた。

もう五時半を過ぎる頃だけど、初夏ということもあり、陽《ひ》は長い。鮮やかな赤色は退勤した僕の心を高揚させてくれる。

だからだろうか。普段とは違う道で帰ることにした。

しばらく歩いていると、河川敷に出た。

河川敷沿いの道を歩いていると、犬の散歩をしている人や、ジョギングやランニングに励んでいる人たちとすれ違った。

どこからか威勢の良い、伸びやかな声が響いてくる。

声の発信源を視線で辿《たど》ると、河川敷の高架近くにあるグラウンドに、野球帽を被《かぶ》ったユニフォーム姿の少年たちがいた。

背丈と顔の幼さを見るにまだ小学生だろう。少年野球チームだ。

少年たちの中に一人、すらりとした人がいた。紅一点の彼女は、見慣れた色のジャージに身を包んでいる。

「イブキさんだ」

学校指定の赤色のジャージを着た女性は、イブキさんだった。

そういえば以前、スポーツチームのコーチをしていると言っていた。それによって謝礼を受け取っているのだと。

あの少年野球チームがそうだったのか。

ジャージ姿のイブキさんはマウンドの上に立っていた。打席には小学生。バッティング練習をしている最中のようだ。

イブキさんは大きく振りかぶると、左足を内側に上げた。

背中が見える。

そして大きく左足を前に踏み出すと、鞭《むち》のようにしなやかに振るわれた右腕——その指先から白球が放たれた。

豪快なフォームから投じられた球は、キャッチャーのミットに突き刺さる。

バシィィ！

乾いた捕球音が高らかに響き渡った。

「…………」

インハイに投げ込まれた速球に、バッターは手が出なかった。反応した時には、すでにボールはミットに収まっていた。

「イブキさん、球はえーよ！　打てねえって！」

「小学生相手に大人げねえぞ！」

小学生たちの間から大ブーイングが巻き起こる。ボールを受けたキャッチャーは、左手の痺《しび》れにもんどり打っていた。

「打たれるのは、気分が良いものじゃないからな」とイブキさんはしれっと答える。「私は常に完全試合を狙っている」

「打たせるのがバッティング練習だろうが！」

「バッティングピッチャーの仕事しろよ！」

「言っておくが、今のはかなり加減した方だぞ？　私の本気はこんなものじゃない。今のは精々二割というところだ」

　イブキさんはそう言うと、

「お前たちならこれくらい弾《はじ》き返せるものだと思っていたが……。買い被りだったか。更に手を抜いた方がいいか？」

「言ったなこいつ！」「上等だ！　つるべ打ちにしてやるよ！」「マウンドから引きずり下ろしてやろうぜ！」

　焚《た》きつけられた小学生たちは、闘志を燃え上がらせていた。

　イブキさんの投じる速球に、懸命に食らいついていこうとする。打者以外の小学生たちは応援の声を張り上げていた。

「イブキさん、大人げないなあ」と僕はその光景を見て苦笑いをする。「ちゃんとコーチの仕事を全うできてるのかな」

「イブキくんは優秀だよ」

　傍《そば》にあったベンチに座っていたお爺《じい》さんが、僕の呟《つぶや》きに応えた。野球帽を被り、チームのユニフォームに袖を通している。

「えーっと。あなたは……」

「このチームの監督だよ。少年」

そうお爺さん――もとい監督は言った。

「腰を痛めたワシの代わりにノックを任せているんだが、彼女は寸分違わず狙ったところに球を打つことができる。バッティングピッチャーとしてもそれは同じだ。子供たちの苦手なコースを的確に突くコントロールがある。それは子供たち一人一人のことをちゃんと理解していないとできない芸当だ」

野球経験のない僕にはそれがどれくらい凄《すご》いのかは分からないけど、イブキさんの身体能力の高さは前々から理解していた。

「何より目線が対等なのがいい」

監督はうっすらと目を細める。

「彼女自身、少年たちと野球をするのを心から楽しんでいるのが伝わってくる。だから皆もサボらずに一生懸命に食らいつこうとする」

監督の視線の先を追いかけ、イブキさんを見やる。

子供たちを相手にボールを投げ込むイブキさんは、生き生きとしていた。全身から今この瞬間を楽しんでいるという躍動感が伝わってくる。

投手のイブキさんを打ち崩そうと奮闘する子供たちもまた、楽しそうだった。

互いに挑発的な物言いを飛ばしてはいるが、イブキさんと子供たちの間には、確かな信頼の絆《きずな》が結ばれているように見える。

バッティング練習を終えると、最後に皆でベースランニングを始める。

ホームベースから走り出し、一塁、二塁、三塁を経て再びホームに戻ってくる。

イブキさんは子供たちの最後尾から出発すると、チーターのように駆け、塁から塁の間を瞬く間に走り抜いていった。

「イブキさん！　ラストは頭から！」

「ヘッスラヘッスラ！」

子供たちに囃《はや》し立てられ、イブキさんはホームベースに頭から滑り込んだ。大量の土煙を巻き上げながら帰還する。

それを見た子供たちは大盛り上がりしていた。

「凄く楽しそうだなあ」

夕陽《ゆうひ》に照らされたイブキさんと子供たちは輝いていた。今、この瞬間にしか得られない宝物のような光景だった。

「君も良かったら、今度参加してみるといい」と監督は僕に笑いかける。「うちは初心者も大歓迎だから」

「いやあの、僕高校生なんですけど……」

「え」

監督の目がボールよりも丸くなるのを見て、僕は穴があったら入りたくなった。

少年野球のコーチ業を終えたイブキさんと、僕は河川敷から帰っていた。

監督に挨拶をして帰ろうとしたところ、僕に気づいたイブキさんが声を掛けてくれて、いっしょに帰ることになったのだ。

ちなみにイブキさんと親しげに話す僕を見て、小学生たちは全員僕のことを弟だと認識していたようだった。

ませた小学生にはありがちな、『もしかしてイブキさんの彼氏？』的なからかいや好奇の目線は全くなかった。

代わりに『お前、何年生？』という質問が飛んできた。

僕が『一年生だよ』と答えると、小学生たちは『マジ!?　一年なのにデカいな！』とどよめきの声を上げていた。

その反応を目の当たりにして、僕は悟ってしまった。彼らは僕を小学一年生だと勘違いしているのだと。お前って言ってたし。中学生ならまだしも、小学生……。いくら何でも誤解が過ぎるだろうとツッコみたくなる。

けれど、デカいなという反応をされるのは気持ちがよかった。人生においてなんか小さくて可愛《かわい》いやつという反応は数え切れないほどされてきたが、デカくて凄いという反応を貰《もら》ったことは一度もなかった。だからつい気持ちよくなってしまった。それがたとえただの誤解でしかないとしても。

　気を遣っているのか、イブキさんも何も言わなかった。仮初めの満足感に包まれる僕を温かく見守ってくれていた。

「イブキさん、少年野球のコーチをしてたんですね」

「うむ。元々彼らのうちの何人かとは公園でいっしょに野球をする仲間でな。それを見た監督に指導してくれと頼まれたんだ」

「コーチにスカウトされたわけなんですね」と僕は言った。「投球を見てましたけど、球が速いしコントロールも凄かったです」

「ふふん。そうだろうそうだろう」

　誇らしげに鼻の下を指でこするイブキさん。

「私は投げれば江夏《えなつ》、打てば王貞治《おうさだはる》、走れば福本豊《ふくもとゆたか》だからなあ」

「例えに挙げる選手がことごとく令和とは思えない布陣！」

　投げれば佐々木朗希《ささきろうき》選手――とかにしてくれないと若者にはピンと来ない。例えが例えの意味をなしていない。僕は父親が野球好きだから分かるけど。

「にしても、イブキさんの着てるジャージ、土埃《つちぼこり》だらけですね」

　ホームにヘッドスライディングをしたことにより、イブキさんの着ていたジャージは土に塗《まみ》れてしまっていた。

「ついはしゃぎすぎてしまったな」とイブキさんは言った。「洗濯しようにも、今は洗剤を切らしてしまっている。どうしたものか」

ちらっちらっとこちらの反応を窺《うかが》ってくるイブキさん。

まるで何かを求めるように。

その言葉を僕は素直に口にした。

「……えーっと。じゃあ、うちで洗濯しましょうか？」

「おお！　いいのか⁉」

「まあ、洗濯ものの一つや二つ増えるくらいなら全然」と僕は言った。「イブキさんが抵抗ないのならの話ですけど」

「ないない！　全然ない！」

「少しくらいはあって欲しい……！」

ぱあっと表情を輝かせるイブキさんを前に、苦笑いを浮かべる。一応、下着も僕のものと洗われることになるのに。

意識されすぎても気まずいけど、されなさすぎるのは侘《わび》しい。

それともそれに思いを巡らすことができるのは、毎日当たり前に洗濯ができる者だけの贅沢《ぜいたく》だったりするのだろうか。

「それよりユウト、つかぬことを尋ねるが」ふとイブキさんは改まった様子になる。「例のものはどうなっただろうか？」

「例のもの？」

「うむ」とイブキさんは頷《うなず》いた。「例の……ほら、分かるだろう？」

匂わせ方が何か怪しい感じがするな。

けど、次のご飯を掻《か》き込むようなジェスチャーで合点がいった。

「ああ、お弁当ですね」

得心した僕は言った。「ちゃんと貰ってきましたよ」

「ありがたい!!」

「イブキさん、チキン南蛮弁当が美味《おい》しいって言ってたから、それを」

「ただ貰ってきてくれただけじゃなく、私の要望までもくみ取ってくれた……!? もしやユウトは神様の生まれ変わりか!?」

「大げさですよ」

チキン南蛮弁当の入ったレジ袋を僕が差し出すと、イブキさんは地獄に降りた蜘蛛《くも》の糸を摑《つか》むように受け取った。

「おお、チキン南蛮弁当……会いたかったぞ。よしよし。良い子だな」

「弁当を抱きしめながら語りかけてる人、初めて見た……」

「私の洗濯ものはユウトのもの。ユウトの弁当は私のもの……だな！」

「一瞬平等に聞こえるけど、よく聞くとジャイアンよりたち悪いこと言ってますよ」と僕は思わず苦笑いを浮かべてしまう。

まあ、だけど、不思議と嫌な感じはしない。

イブキさんを見ていると、なぜか放ってはおけないなという気持ちになる。

庇護《ひご》欲を刺激されるのだろうか。年上の女性たちから見る僕は、僕から見るイブキさんみたいなものなのかな。

「しかし、本当に助かった。今月は特に家計がピンチでな。その辺に生えてる草を食べるためのカレー粉も買えない状況なんだ」

「まずその辺に生えてる草を食べないでくださいよ……」と僕は呆《あき》れた。「毒のあるのを食べたらお腹《なか》壊しちゃいますよ」

「それについては問題ない。長年の経験の果てに、舌の上に載せた瞬間、毒性があるかを判別できるようになった」

「環境に合わせて身体《からだ》が適合進化してる！」

生物の逞《たくま》しさの一端を垣間見《かいまみ》たような気がした。

「おっと。ユウト、少し待ってくれ」

ふと足を止めたかと思うと、イブキさんはどこかに歩いていった。彼女の先には飲み物の自販機が鎮座している。

ジュースでも買うのかな？　でも今月はピンチって言ってたのに。

そう思っているとイブキさんは陳列されたジュースには目もくれず、自販機の下にある隙間の部分を覗《のぞ》き込み始めた。

「え。何してるんですか？」

「小銭が落ちていないかと思ってな。目に付いた自販機があれば、取り敢《あ》えず下を覗くのが習慣になっている」

とイブキさんは言った。

「ほら、今、こういう動画が流行《はや》っているのだろう？　何と言ったか。マーティン・ルーサーキング的な名前の……」

「もしかして、ルーティン動画ですか」

「そう！　それだ！」

「モーニングルーティンやナイトルーティンは確かに流行ってますけど。イブキさんのはちょっと違うような気が」

「そうなのか？」

「まあ、はい」

ああいうのはおしゃれな感じのルーティンだけど、イブキさんのこれはおしゃれとかそういうのじゃない。

どっちかというとドキュメンタリーの類だと思う。

「なるほど。そういうものなのか」と得心しながらも自販機の下を覗き込んでいたイブキさんはふと「おっ!?」と声を上げた。

「見つけた!!」

隙間から手を取りだしたイブキさんは喜色満面で高らかにそう叫んだ。掲げられた手にはキラリと光る硬貨。

「五百円を拾えるとは！　今日はついているな！」とイブキさんは宝物を掘り当てたかのようなテンションで言う。

「これで五十円はゲットできる！」

「五百円拾ったなら、五百円じゃないんですか？」

「落ちてる小銭を勝手に持ち帰るのはよくないだろう。きちんと交番に届けて、謝礼金として一割を受け取るんだ」

「自販機の下の隙間に手を差し込む人とは思えないモラルの高さ！」

確かにお金を拾ったら交番に届けた方がいいのは事実だけど、律儀にそれを守っている人はほとんどいないだろう。

皆、手間だし、これくらいならいいだろうと自分の懐に収める。

ただイブキさんは生真面目というか、そういうことができない人なんだろう。そのせいで損することも多そうだけど……。

僕がイブキさんを放っておけないのは、根が良い人だからなのだろう。


「ユウト、私はバイトを始めることにした」

その日の夕方。

汚れたジャージを洗濯するために僕の部屋に上がり込んだイブキさんは、断腸の思いを滲《にじ》ませながらそう告げてきた。

「え」

僕は洗濯ものを干す手を思わず止めた。「今、なんて言いました？」

「アルバイトをしようと思う」

「……………」

僕の隣にいたカナデさんは、いそいそと洗濯ものを回収し始めた。

「む？　白瀬《しらせ》さん、なぜ回収を？」

「一ノ瀬《いちのせ》さんが、アルバイトをしようと思うと言い出したものですから。まもなく大雨が降り出すだろうと思いまして」

「どんだけバイトしないと思われてんの」とアカネさんが笑った。

「というか、当然のように二人が家にいるのおかしいでしょ」僕は部屋をたまり場にするアカネさんとカナデさんを見やる。

バイトを終えて帰宅すると、二人はすでに部屋にいた。

「だってユウトくんが合鍵をくれたから」とアカネさんは答えた。「それはつまりいつでもウェルカムってことでしょ」

最近は僕とアカネさんはシフトが違うので、僕が不在の時はバイトまでの空き時間の暇つぶしができないかもしれないと、いつでも部屋に入れるように、アパートの廊下にある水道メーターのところに合鍵を置いてあった。

するとアカネさんはバイトのシフトのない日でもそれを使い、僕が不在の時も部屋の中に入り浸るようになった。

カナデさんもアカネさんの侵入経路を突き止めると、同じく足繁《あししげ》く通うように。おかげで僕の部屋は常に賑《にぎ》わっていた。

「いつでもウェルカムなわけじゃないですけど……」

「まー。固いことは言いっこなしだって」とアカネさんは笑う。「バイトから家に帰ってきて一人だと寂しいでしょ？」

「それはまあ」

「あたしたちはユウトくんが寂しくないように家を暖めてあげてんの。信長の草履を懐で暖めた秀吉みたいなもんよ」

「めちゃくちゃ良いように言うなこの人。正当化の達人か？」

「それよりも一ノ瀬さんの話です」

これ以上は掘り下げられたくないと思ったのか、カナデさんが特に興味は抱いてないであろうイブキさんの話に戻した。

「バイトを始めようと思うって、どうしたんですか」と僕は尋ねた。「あれだけ働くのは嫌だって言ってたのに」

「もちろん働くのは嫌だ。その気持ちは今も変わらない。だが、今月を生き延びるためにはそうせざるを得ない」

腕組みをしたイブキさんは言った。「要するにお金がない。少年野球のコーチだけでは到底足りないのだ」

「なるほど」

働きたくはないが、四の五の言っていられなくなったというわけか。

「食事はユウトに頼るとしても、家賃はきちんと払わなければなるまい。滞納すればここを追い出されてしまう」

「後半のインパクトもさることながら、前半部分もとんでもないこと言ってるな。完全に僕は命綱になってるんだ……」

「じゃあ、家賃分は誰かに借りるとかすれば？」アカネさんが、さらっとダメ人間を加速させようとするようなことを言う。

「いいや。私はお金の貸し借りはしないと決めているんだ。それをしてしまうと、対等な関係ではいられなくなるからな」

毅然《きぜん》とした姿勢でＮＯを突きつけたイブキさんを一瞬格好良いと思ったけど、お弁当やお風呂をせがむ時の彼女の姿を思い出すと『あれは対等な関係と言えるのかな？』とふと頭に疑問符が浮かび上がってきた。ものすごい頭を下げてきてたし……。

ただ僕はイブキさんのことを尊敬しているし、食事やお風呂を提供する代わりに筋トレを教えて貰《もら》っている。

このように一応はギブアンドテイクの関係を築くことができているのだから、僕たちはたぶん対等な関係と言えるに違いない！

端からみるとどうかは分からないけど……。

まあでも、他人よりもこういうのはお互いがどう思ってるかが大事だし。

「私はこの部屋で皆と過ごす時間が気に入っている。だから、家賃を滞納してアパートを退去させられるわけにはいかない」

「イブキさん……」

「だから私はやるぞ！　アルバイトを！　働くぞ！　汗水垂らして！　そして大家さんに家賃を払うのだ！」

「その意気やよし！」とアカネさんは乗っかってきた。「そういうことなら、一ノ瀬さんのバイト探しに協力してあげる」

「赤坂《あかさか》さん……！　ありがとう！」

「ちょうど暇してたところだからね―」

「それを言わなければ良かったのに」

きっと、アカネさんなりの照れ隠しなんだろう。それなりに付き合いを続けてきたから僕にはそれが分かった。

「イブキさん、僕も力になります！」

「おお、ユウト。食事やお風呂だけでなく、仕事探しまで手伝ってくれるとは。主もお前のことを祝福することだろう……」

「海外のお金を恵んで貰った人みたいなセリフだ」

「ユウトくんが協力するのなら、私も微力ながらお力添えします」とカナデさんが最後に協力の決意表明をした。

「私は良い友達を持った……」イブキさんはじーんと感動していた。「皆の思いに報いるためにも頑張らなければ」

「で、何のバイトをするつもりなの？」

「うーむ。色々と種類があるだろうからなあ」

「こんなこともあろうかと、求人誌をご用意しました。この辺りの求人情報は一通りこの中に載っていると思います」

「カナデさん、用意周到すぎません⁉」

できる人だ……！

「ふむふむ。世の中にはこんなに仕事がたくさんあるのだなあ。だが、これだけあると却《かえ》って選ぶのが難しい……」

「こういう仕事がしたいとかはあるんですか？」

「しなくていいなら、仕事はしたくないからなあ」

「そういえばそうだった……」

したい仕事があるのなら、もっと早くにバイトをしていたはずだ。

「じゃあ、シフトや時給はこれくらいがいいとかの条件はありますか？　そっちの方向から絞っていきましょう」

「なるほど」とイブキさんは言った。「部屋の家賃は四万五千円だから、時給四万五千円の仕事がしたいのだが」

「私たちは子供銀行の紙幣が流通通貨の人と話してるんですか？」

「イブキさんが心から働きたくないってことはよく伝わってきますね」と僕は言った。

「時給四万五千円のバイトとなると、人体解剖の治験とかじゃないと……。もちろんそんなのはないんですけど」

「治験？　治験とはなんだ？」

「新しい薬の副反応を確かめるために、被験者になるアルバイトです」

「寝てるだけでお金を貰える簡単なお仕事だよ」

「おお！　それは良いな！　私もぜひ治験のアルバイトをしたい！」

「けど、高校生は基本、治験は無理っぽいよ。未成年だし」とアカネさんが言う。「何かあったら責任取れんし」

「くっ……！　早く大人になりたいとこんなに強く思ったことはない……！」

「治験がしたいから大人になりたいと思うの、かなりレアケース」

「いずれにしても、時給四万五千円のアルバイトなど存在しません。夢物語です。もっとちゃんと現実を見ましょう」

カナデさんがイブキさんを諭そうとする。

「けど、世の中の偉人たちも最初、笑われてたって言うじゃん？　一ノ瀬さんには偉人になるポテンシャルがあるのかもよ」

「アカネさんは凄《すご》い肩を持ってあげてるなあ」

「一ノ瀬さんは身体能力に優れているのですから、肉体労働がいいのでは。この引っ越しのバイトなどどうでしょうか」

「引っ越しか……」とイブキさんは呟《つぶや》いた。「ふむ。確かに荷物を運ぶくらいなら、私にもできそうな気がする」

「これなら日雇いだから、お金が足りない時にだけバイトをして、後は休んでるって感じにもできるし」

「それはいいな！」

イブキさんは食い付いたようだった。

「よし決めた！　私は引っ越しのアルバイトをすることにする！　手っ取り早く家賃分のお金を手に入れてみせるぞ！」

胸の前でガッツポーズを掲げ、労働に立ち向かおうと決意したイブキさんを、僕たちは拍手を以《もっ》てたたえるのだった。

イブキさんはネットから引っ越しの日雇いバイトに応募すると、勤務当日、意気揚々と労働に繰り出していった。

僕はそれを微笑《ほほえ》みと共に見送った。

——頑張ってください、イブキさん。

もしかすると引っ越しのバイトで労働の喜びに目覚めるかもしれない。

そうすれば普通に働くようになり、お金に困ることもなくなるだろう。

そんな期待を抱いていたのだが——。

夕方、僕の家の扉が開いたかと思うと、戦場帰りみたいな顔をしたイブキさんが、玄関先でバタリと倒れ込んだ。

「……も、もう無理。ギブアップ」

「ええっ!?」

朝、家を旅立った時の瑞々《みずみず》しさはどこへやら。水分を失って枯れた野菜のようにイブキさんは意気消沈していた。

「いったい何があったんですか？」

「引っ越し作業が意外とキツかったとか？」

アカネさんがそう推測すると、

「それもある。それもあるのだが……」イブキさんは呻《うめ》くように呟いた。「同行した社員が滅《め》茶《ちゃく》苦《ちゃ》茶怖い人だった……」

その後、イブキさんがうわ言のように断片的に呟いた供述を纏《まと》めると、何が原因だった

のかが立ち上ってきた。

今回の引っ越しのバイトは三人一組で行動していたようで、そのうちの一人が引っ越し会社の社員の男だった。

その体育会系の社員はとても気が短く、そして気性が荒く、朝から原因不明の不機嫌さを周りに振りまいていた。

それにまずイブキさんともう一人のバイトの男の子は萎縮していた。

いざ仕事が始まってからも凄かった。

体育会系の社員はろくに仕事の説明もしないまま取りかかり、バイトの男の子がミスをすると烈火のごとく怒鳴りつけた。

怒鳴りつけると、バイトの男の子はまた萎縮をし、更にミスをしてしまう。するとまた雷が落ちてくるという負のスパイラル。

いつ拳が飛んでくるかヒヤヒヤしたとイブキさんは述懐している。この世に地獄があるとするならば間違いなくあの現場だと。

だが、真の地獄はまだ訪れてはいなかった。

気が遠くなるように長く感じた午前を終え、ようやく訪れた昼休み。

イブキさんは持参したお弁当（カナデさんが作った）を美味《おい》しくいただき、つかの間の幸せを満喫していたのだが、お弁当を食べ終えてトラックに戻ると、もう一人のバイトの男の子はいつまで経《た》っても戻ってこなかった。

社員の男の苛烈さに耐えかねて、飛んだのだった。

仕事を完遂せずに途中で抜ければ、午前中の分の賃金は支払われない。だがバイトの男の子は午後からも地獄の責め苦を味わわされるくらいならと、午前中の賃金を切り捨ててでも心身の安寧を取った。

イブキさんとしても見ていて辛《つら》かったので、彼を責める気にはなれなかった。むしろ今のうちに飛んで正解だとさえ思った。

ただ彼が抜けた分の穴は残った二人が埋めなければならず、それにより社員の男の機嫌は午前の比じゃないくらい悪くなった。

イブキさんは午後の記憶がほとんどないのだと言う。あまりに苛烈だったために、脳が覚えることを拒絶したのだろう。

「八千円を手に入れるのが、こんなにしんどいことだとは……。正直、生きて帰ってこれたのが不思議なくらいだ」

日給が入ったくしゃくしゃの封筒を手にしながらイブキさんが呟いたのを聞き、アカネさんは無言のうちに白いタオルを投げ込んだ。

僕とカナデさんもそれぞれ白いタオルを投げ込んだ。

三枚のタオルが顔にかかり、没した人みたいになっているイブキさんを見て、これ以上引っ越しバイトを続けるのはできないだろうと思った。

僕たちに事情を話す時も、イブキさんは苦しそうにしていた。完全に引っ越しのバイトがトラウマになっているようだった。

「世の中には想像できないくらい醜悪な人間もいるのですね」

「あたしたちでその社員にお礼参りしてあげよっか」

「彼を責めてやらないでくれ。彼もまた、過酷な労働に人格を歪《ゆが》められた被害者。悪いのは労働でありこの社会なのだから……」

イブキさんはその社員を責めることはしなかった。

やっぱり優しい人だ。

けど、労働に対する苦手意識は却って強まった気がする……。

日給の八千円では家賃を支払うことはできない。

ただ、これ以上引っ越しバイトを続ければ、イブキさんの心身は撃破されたロックマンのように木《こ》っ端微塵《ぱみじん》になってしまう。

なので次のバイトを探すことに。

引っ越しバイトで肉体労働にトラウマを植え付けられたのか、イブキさんはそれ以外のバイトを探そうとしているようだ。

「スーパーのレジ打ちとかは？」とアカネさんが提案する。「コンビニほど覚えることは多くないからイケるんじゃない？」

「ふむふむ」

「飲食店のアルバイトはどうでしょう」とカナデさんが提案する。「店舗によっては賄いが出ることもありますよ」

「賄い？」

「店がタダでご飯食べさせてくれるの。牛丼屋だったら牛丼とかカレー、ラーメン屋ならラーメンと炒飯《チャーハン》とかね」

「おお！　それは素晴らしいな！」

とイブキさんは目を輝かせる。

「タダ飯ほど人をワクワクさせる言葉はない！」

「じゃあ、飲食系にしましょうか。ここから通いやすい場所となると……駅前のチェーンの牛丼屋さんとか」

「よし！　決まりだな！」

枯れていたイブキさんの目は、元の瑞々しさを取り戻していた。タダ飯というのが彼女の心に希望を与えたらしい。

「私は牛丼屋でバイトをして、しこたまタダ飯を喰《く》らうぞ！」

そしてイブキさんは牛丼屋に応募をし、無事に採用された。

店の人やお客さんに怒鳴るような人はおらず、イブキさんは仕事が終わった後に食べる賄い飯を楽しみにしていた。

端から見ている分には順調そうに見えた。

しかし働き始めて一週間が経った頃だった。

「今日限りでバイトを辞めることになった」

「ええ!?」

イブキさんがそう言い始めたものだから、僕は面食らってしまった。

「どうしてですか!?」

「働くのが嫌になったとか？」

「働くのは嫌だが、自分から辞めたわけではない」とイブキさんは釈明する。「店長に明日から来なくていいと言われたからな」

「なんで？」

「さあ？」

イブキさんは首を傾《かし》げた。

「理由もなく解雇されることはないと思いますが」とカナデさんが言った。「心当たりは必ずあるはずですよ」

「うーむ」

イブキさんはしばし考え込んだ後、心当たりを口にする。

「お釣りの計算を間違えて連日差額を出しまくったのと、店が混んできた時にパニックになって皿を割ってしまったからか？」

そこまで言うと、あ、と思い出したように言った。

「そういえば、働きぶりの割に賄いを食い過ぎとも言われたな」

「役満だ」

「原因がはっきりしましたね」

「あたしも色々なバイトの人を見てきたけど、研修中にクビになる人は初めて見たかも」

イブキさんは本人に勤労意欲がないこともちろんだが、実際に勤労してもあまり適合できてはいないようだった。

「だが、一週間分の給料は貰《もら》うことができた」とイブキさんは言った。「引っ越しバイトの分と合わせると三万以上はある」

「となると、残りは一万六千円くらいですね」

「うむ。ゴールは見えてきたな」

「ですが、あくまで一時しのぎに過ぎません。今後も家賃を払うことを考えると、ちゃんと仕事を探した方がいいかと思います」

カナデさんの意見はもっともだと思った。

毎月、家賃の支払日前になると慌てて日雇いのバイトを探し、帳尻合わせのように日銭を稼ぐのは効率がよくない。

仕事を探す手間もかかることだし。

シフト制のバイトを探した方がいい気はする。

「そうは言うが白瀬《しらせ》さん、私にできる仕事などないぞ」

とイブキさんは言った。

「牛丼屋のバイトを経て確信した。私が仕事を嫌いなように、仕事もどうやら私のことが嫌いだったようだ」

「なぜちょっと誇らしげなのか分かりませんが」

カナデさんは困った様子だ。

「仕事が見つからなければ、お金を稼ぐことはできません。家賃が払えなければ、部屋に住むことはできませんよ」

「生きていくというのは、つくづく大変なのだなあ」

イブキさんはしみじみと言う。

「私はただ、三食食べて昼寝ができればそれでよいのに」

「世の中の大半の人の願いを社会性フィルター通さずに口にできるのは凄《すご》い」

「これが一ノ瀬《いちのせ》さんの良いところだよね」とアカネさんが笑った。「悪いところでもあるかもしれんけど」

「働かざる者食うべからず。それが今の社会です」とカナデさんは言った。「生きるためには仕事を探さないと」

「むむ……」

イブキさんは顎に手をあてがい、悩むような仕草。

「私にもできる仕事など、あるだろうか」

「じゃあ、それを皆で挙げていこうよ」思い立ったアカネさんが提案する。「一ノ瀬さんに向いてそうな仕事をさ」

「一ノ瀬さんの長所と言えば、やはりその類《たぐ》い希《まれ》な身体能力。であれば、肉体を使う仕事が向いているのでは」

「だが、肉体労働は周りの人がおっかない」

とイブキさんは反論した。

「私は肉体にかけては誰よりも強い自信があるが、メンタルは弱い。怒鳴られたら怖くて涙目になってしまう」

「工場のライン作業は？」とアカネさんが言った。「あれなら立ってるだけだし、忍耐力があればイケるでしょ」

「でもイブキさん、牛丼屋が混んできたらパニックになって、お皿を全部割っちゃったって言ってましたよね」

僕は異論を唱えた。

「ライン作業も結構速いペースで流れてきますから、パニックになるんじゃ。ミスしたら損害も大きいだろうし」

「確かに」

「いっそマグロ漁船に乗るとかは？」

とアカネさんが言った。

「肉体労働だから一ノ瀬さんに向いてるだろうし、あれ一回乗っただけで数百万円くらい稼げるらしいよ」

「おお！　それは凄いな！」

「ですが、一度乗ったら半年くらい帰ってこられません」とカナデさんは言った。「その間の学校はどうするんですか？」

「オンラインで受ければ良いんじゃない？」

「そんな暇はないと思いますが」とカナデさんは呆《あき》れたように言う。「それに揺れる船の中では酔うと思いますよ」

「じゃあ無理か」

「それに一ノ瀬さんがマグロ漁船に乗るのは今でなくとも。切羽詰まれば、最終的には乗ることになるでしょうし」

「なるほどねー」

「さらっと凄いこと言ってるな」

マグロ漁船には借金持ちの人が返済のために乗るというイメージがある。イブキさんはそうならないように祈りたい。

「結局、良い案は見つからずか」

「一ノ瀬さんの能力って一芸特化だからねー。バイトするのに必要な能力って、それ以外のところにあるし」

「イブキさんはスポーツが得意だから、それを生かせればいいんですけどね」

「運動能力——特にスポーツでお金を稼ごうと思えば、プロフェッショナルになる以外は難しいでしょう」

カナデさんは言った。

「少年野球のコーチでは、お小遣いほどのお金を貰うことはできても、それで食べていくのは困難だと思います」

「うーむ」とイブキさんは呟《つぶや》いた。「これはもうホームレス確定か？」

「早々に諦めないでください！」

あっさり住居を手放さないで！　あまりにも執着がなさすぎる！

「だったら、アイチューバーになるとかは？」アカネさんがふとそう呟いた。「それなら一ノ瀬さんの能力も生かせるかも」

「アイチューバー？」

イブキさんがそう尋ねると、アカネさんが答えた。

「アイチューブで動画投稿してお金を稼いでる人のこと。普通に暮らしてたら言葉くらいは聞いたことあるんじゃない？」

「いや、初めて聞いたな」とイブキさんは言った。「私はテレビを見ないし、スマホもお金がなくて持っていないからなあ」

「そっか。一ノ瀬さんは普通じゃなかった」

アカネさんはあっさりとそう言った。

そもそも高校生で家から放り出されて一人暮らししてる時点で普通じゃない。

イブキさんは百獣の王を目指す父親に、獅子《しし》は千尋の谷から子を落とすものだ、という言葉と共に家から放り出されたらしい。

お父さんもまともじゃない。イブキさんもまともじゃない。だったら、アイチューバーを知らないのも無理はない話だ。

「そのアイチューバーは、動画投稿したらなぜお金が貰えるのだ？」

「動画を見る時に企業の出稿した広告が表示されますから。再生回数に応じて、その広告料が支払われる仕組みだと思います」

カナデさんがそう説明する。

「最近だと子供のなりたい職業ランキングでも上位でしたよね」

僕はいつかネット記事を思い出しながら言った。小学生のなりたい職業ランキングで男女共にトップ三位以内に入っていたはずだ。

「手軽に始められて、なおかつお金が稼げそうに見えるからね」

とアカネさんが笑いながら言った。

「それにほら、楽しそうじゃん？　好きなことで生きていくって感じがして。そういうのに皆憧れてるんじゃない？」

「そういえば、アカネさんも動画投稿してましたよね？」と僕は尋ねた。「ほら、保健室にいた時に見せて貰った」

「ああ、あれね」

アカネさんは得心したように相づちを打った。

以前、僕は保健室でアカネさんにダンスをしている動画を見せて貰った。

百万回以上の再生数が回っていて、コメントもたくさんついていた。もし広告料が支払われていたら結構なお金になるのでは？

「ピックトークンは十秒くらいの動画しか投稿できなくて、広告がついてないから、収益にはならないよ」

「そうなんですか」

「しかもあれ、あたしのアカウントから投稿されたものじゃないから。もし収益出ててもこっちには一円も入ってこないし」

「あら」

「まあ、もし収益発生してたら、絶対取り分で揉《も》めることになってただろうし。それなら一切ナシでいいんだけどね」

「アカネさんは大人だなあ」

「現状、お金に困ってるわけじゃないからね」とアカネさんは言った。「あたしが一ノ瀬さんの立場なら話は別だけど」

「皆の説明を聞いていて、興味が湧いてきた」

イブキさんは食い付いたようだ。

「好きなことで生きていくというのがいい。好きなことだけをして生きていきたい。その思いは誰にも負けない自信がある」

「それを堂々と口にしてる時点で、何かに負けているような気もしますが」

とカナデさんは冷静にコメントしていた。

「まあでも、一ノ瀬さんは一芸特化のタイプの子だし。向いてると思うよ。もしかしたらもしかするかもしれない」

「おおっ！」

「ですが、一ノ瀬さんはスマホも持っていないのでしょう？　動画を撮影して、投稿することができるとは思えませんが」

「それに関してはあたしたちがフォローしてあげればいいじゃん」

そう言うと、アカネさんはニヤリと笑みを浮かべる。

「よし、決めた」

「何をですか？」

「一ノ瀬さんが人気アイチューバーになれるよう、一肌脱いであげる」

「いいのか!?」

「もちろん」とアカネさんはウインクを送る。「あたしたちはユウトくんの部屋をたまり場にする仲間だから」

「真意は何ですか？」

カナデさんはじとりと疑いの目を向ける。

「失礼な」

とアカネさんは心外そうに言う。

「まあ、ぶっちゃけ、ちょうどいい暇つぶしになるかなと」

イブキさんのためというよりは、今することがなくて暇だから、暇つぶしに協力したいということらしい。

正直なアカネさんなのだった。

# 第二章　アイチューバーのイブキさん



アイチューバーになることを決意したイブキさん。

しかし、なりたいと思った瞬間になれるものではない。

アイチューバーになるためには動画を投稿する必要がある。

医者になりたいなら医学部に入るための勉強をしなければならないし、プロ野球選手になりたいなら練習しなければならない。

それと同じことだ。

「だが、どんな動画を投稿すればいいのだ？」

「一ノ瀬《いちのせ》さんの撮りたい動画でいいんじゃない？」

とアカネさんが言った。

「どういうのが撮りたいとか構想はある？」

「私はアイチューブを見たことがないからなあ。どういうものを撮りたいか、それすらもあまりピンと来ていない」

スマホを持っていないイブキさんは、ネット全般に疎い。アイチューブもクラスの友達が見ているのを横から見た程度だとか。

「だが、収入を得るためなら何でもするぞ」

「その意気やよし」

アカネさんはそう言うと、

「ユウトくんと白瀬《しらせ》さんはどう？　何か動画の案とかある？」

「そうですね……うーん」

僕はしばし考え込む。

しかし、中々これといったものは浮かんでこない。

再生数が取れて、チャンネル登録者数も増えるような動画。そう考えると、いったい何をすればいいのか途端に分からなくなる。

というか、普段アイチューブの動画は結構見ることがあるけれど、制作者としての視点で見ることとなんてなかったからなあ。

「私は普段、料理動画しか見ないものですから」

カナデさんも思い浮かばないようだ。

「というか、そもそも一ノ瀬さんのことをまだよく知らないので……」

「シビアなセリフだ」

「私たちは学校ではほとんど接点がないからなあ」

とイブキさんは特に応えた様子もない。

「今はユウトの部屋を介してのみの関係というわけだな」

「ユウトくんの部屋を介してのみの関係……」とカナデさんは呟いた。「つまり、私たちはユウトくんズフレンド。略してユフレということですか」

「そういうことだな」

「何か響きがいかがわしいなあ」

僕がそう呟《つぶや》いた後、アカネさんがイブキさんに言う。

「じゃあまずは適当に動画を見てみたら？　その中でこういうのがやりたいっていうのが見つかるかもしれないし」

「うむ」

アカネさんから渡されたスマホを受け取ったイブキさんは、アイチューブにある動画を見るためにサイトを開いた。

「おお……！　たくさんの動画が表示されているぞ」

イブキさんはトップページに並ぶ動画の数に圧倒されていた。

「一つ動画を見たら、おすすめで似たような動画が上がってくるから。どんどん自分好みのトップページになっていくわけ」

「それは凄《すご》いな……。無限に暇を潰せてしまうぞ」

「今は老若男女、皆がアイチューブ見てるからね」

「その気持ちはよく分かる。このサイトは蟻地獄《ありじごく》だ。一度ハマってしまえば、ずぶずぶと沈み込んでいってしまう……」

「私はそれを懸念しているので、一日に動画を見る時間は決めています。でないと自分の時間が確保できませんから」

「カナデさん、凄いなあ。僕なんか休みの日は一日だらだら見ちゃうこともあるのに」と素直に感嘆の言葉を述べた時だった。

「……きゅん」

「え？」

「いえ。ユウトくんに褒められると、胸の内から多幸感が……」と呟いたカナデさんの頬はほんのりと緩んでいた。

「…………」

そんなやりとりの傍ら、イブキさんは動画にのめり込んでいた。イヤホンをつけ、画面を食い入るように見つめている。

「どう？　参考になりそう？」

「…………」

「うわ、めっちゃ集中してる」

「どんな動画を見てるんだろう」

「ユウトくん、覗《のぞ》き込んでみれば」

「プライバシーの侵害じゃないですか？」

「一ノ瀬さんが見てるのはあたしのスマホ。スマホはプライバシーの塊で、あたしはそれを一ノ瀬さんに見られてることになる。だからお互いのプライバシーが相殺されて、画面を覗き込んでも侵害にはならない」

「プライバシーを相殺しあうってなんですか」

初めて聞いた言葉。

「プライバシーは同士討ちしないでしょ」

「いいからいいから」

「分かりましたよ」

渋々、イブキさんの肩越しにスマホの画面を覗き込む。

「どうだった？」

「昨日のプロ野球中継のハイライトを見てます」

「アイチューバーですらないんかい」

アカネさんは呆《あき》れたようにツッコんだ。

「ん？　何の話だろうか」

イブキさんはイヤホンを外すと、僕たちに尋ねてきた。

「いや、アイチューバーになりたいなら、アイチューバーの動画を見ないと。プロ野球のハイライトは参考にならんでしょ」

「ああ、すまない。最初はちゃんと見ていたのだが。動画を辿《たど》っているうちにハイライトに行き着いていた」

「何を見てたんですか？」

「このナイトルーティン動画というのを見ていた」

僕が尋ねると、イブキさんがスマホの画面を見せてきた。

綺麗《きれい》な女性が、夜寝る前のルーティンを公開しているものだ。

アロマを焚《た》いていたり、冷蔵庫の残りもので料理を作ったり、ボディケアをしていたりとお洒落《しゃれ》な生活感が伝わってきた。

「この女性だけでなく、色々な人がルーティン動画を投稿していた。皆の生活を覗き見るのは楽しかったな」

「確かにルーティン動画は流行《はや》りだからねえ」

「私もこういう動画ならできそうだ」

「いいんじゃない？　ルーティン動画ならハードルも低いだろうし。自分の夜の生活を撮るだけだから」

「うむ」

「はい。決まりだね」

初回の動画は、ルーティン動画にすることにした。

「じゃあ一ノ瀬さん、今日の夜、早速動画撮ってみよう」

「分かった」とイブキさんは頷《うなず》いた。「ただ、ずっと赤坂《あかさか》さんのスマホを借りっぱなしというのはマズいのではないか？」

「ユウトくんのスマホで撮って貰《もら》えばいいじゃん。というか、ユウトくんが一ノ瀬さんを撮ってあげなよ」

「え」

いきなりお鉢が回ってきたから驚いた。

「僕ですか？」

「お隣さんだからね」とアカネさんは言った。「それに一ノ瀬さんだけで、スマホで動画撮るのは厳しいでしょ」

「確かに」

イブキさんに僕のスマホを貸したとしても、操作に手間取るだろう。それなら僕が直接傍《そば》でお手伝いした方が早い。

「それに、一ノ瀬さんが操作を間違って、ユウトくんのスマホの中にあるえっちな動画が見られたらマズいでしょ」

「は、入ってませんよ！」

「ほんとにぃー？」

アカネさんはニヤニヤしながら僕の反応を楽しんでいる。

「入ってません！」

「ユウトくんはそのような不純なものには興味がありません」

カナデさんが僕をフォローしてくれる。

「ユウトくんのスマートフォンの中に入っているのは、お花畑の動画だけです。それだけで容量はいっぱいです」

「それはそれで問題あるような気がしますけど！」

スマホの容量全部がお花畑の動画だったら可愛《かわい》らしいを通り越して怖い。ちょっと心が疲れているのかなと心配になってしまう。

「……分かりました。動画は僕が撮りますね」と僕はこちらに向いた矛先を逸《そ》らすために撮影を引き受けることにした。

「ユウト、感謝するぞ」

「それじゃ、頑張ってねー」

そう言うと、アカネさんはソファから起き上がった。

「あれ？　どこ行くんですか？」

「あたしこの後、バイトのシフトだから」アカネさんは笑う。「元々、バイトまでの時間を潰すために来てたの、忘れた？」

「最近はシフトがない日も普通に入り浸ってたから忘れてました」

「ユウトくんの部屋は居心地がいいからねー」

アカネさんはそう言うと、

「まあ、ユウトくんの顔が見たくて来てるってのもあるけど」

「えっ」

「撮った動画、明日見るの楽しみにしてるから」

アカネさんは狼狽《ろうばい》する僕にウインクを飛ばすと、ひらひらと手を振りながら、バイト先のコンビニへと向かっていった。

それってどういう意味ですか——と尋ねる間も与えてくれなかった。けど間があっても尋ねることはできなかっただろう。

「ユウト、共に頑張ろう！」

僕に満面の笑みを向けてくるイブキさん。

今はまず、目の前のことに集中しないと。

翌日——土曜日が明けての日曜日の午後。

僕の部屋には昨日と全く同じ面子《メンツ》が揃《そろ》っていた。

僕にイブキさん、それにアカネさんにカナデさん。

最近、ほぼ毎日のように皆この部屋にいる気がするけれど、他に予定とかないのだろうかとつい余計な心配をしてしまう僕だった。

「どう？　ルーティン動画は撮れた？」

「まあ、一応は……」

「バッチリだ！　これもユウトのおかげだな！」

「ユウトくんと一ノ瀬《いちのせ》さんの反応違くない？」

アカネさんは僕たちを見比べながら、怪訝《けげん》そうにしている。

「私は一ノ瀬さんのナイトルーティンよりも、ユウトくんのナイトルーティン動画に強い関心を抱いています」

カナデさんはずいと前のめりにそう言った。

「今度ぜひ、撮ってきていただけませんか。できれば録画ではなく、ライブ配信で。毎日力いっぱいの投げ銭をすることをお約束します」

「カナデさんの圧力がすごい……！」

無表情な彼女には珍しく、ふんすふんすと鼻息が荒くなっている。

「はいはい。そこでおしまい」

とアカネさんが助け船を出してくれる。

「とにかく撮った動画を見てみようよ」

助け船に乗るように、僕はテーブルに置いていた自分のスマホを手に取る。そして昨日の夜に撮った動画を探し当てる。

スマホをテーブルの上のティッシュの箱に、横向きに立てかける。

僕の周りにはアカネさんやカナデさん、イブキさんが集まる。年上の女性陣に囲まれると鼻先を何だか良い匂いがかすめた。

動画の再生ボタンを押すと、スマホの画面に『17歳女子高生のナイトルーティン』という白文字のテロップが表示される。

「あれ？　これテロップ入れたの？」

「はい。見よう見まねですけど」と僕は答えた。

「おおー。凄《すご》いじゃん、ユウトくん」

「えへへ」

「あたしにはユウトくんが、向上心が服を着て動いてるように見える」

「独特な褒め方ですね」

「とても素晴らしいです。私にも褒めさせてください」とカナデさんは言うと、僕のことをぎゅっと抱きしめてきた。

大きな膨らみの間に顔が埋められる。

「く、苦しい……！　これ絶対抱きしめることありきだ……！」

「せっかくユウトくんがテロップ入れてくれたことだし、他の人のナイトルーティン動画と見比べてみよっか」

アカネさんは自分のスマホを取り出すと、アイチューブに公開されている人気のナイトルーティン動画を開いた。

それは二十歳の大学生女子のナイトルーティン動画だった。

再生数が三十万回を超えているということは、内容が面白くて、皆が見たいと思うような動画になっているのだろう。

僕たちの撮った動画がそれと比べて遜色がないようなら、同じくらい人気になる可能性もあるということだ。

「どれどれ……」

【二十歳の大学生女子のナイトルーティン】

十九時　個人経営のカフェのバイトから帰宅。着ていたおしゃれな服装から、これまたおしゃれな部屋着に着替える。

【イブキさんのナイトルーティン】

十八時半　少年野球のコーチ業から帰宅。着ていた学校指定のジャージから、部屋着である学校指定のジャージに着替える。

「ちょっと待った」

アカネさんが見比べていた動画を止めた。

「学校指定のジャージ TO ジャージはどうなの？」

「他の服をほとんど持っていないからな」とイブキさんは応えた。「それにジャージの方が動きやすくていい」

「おしゃれさのカケラもねーなー」

「かのスティーブ・ジョブズも同じ服を何着も着回していたという。いちいち決断するのが面倒だからと。私も全く同じだ」

「正当性を担保するために偉人の名前を持ち出すのはずるくない？」

「まあまあ。この次も見てみましょうよ」


【二十歳の大学生女子のナイトルーティン】

十九時半　夕食。

パートナーの実家から送って貰った筍《たけのこ》を使い、炊き込みご飯を作る。

安売りしていたなめことタマネギを使ったお味噌汁《みそしる》。フルーツトマトを切り、だし巻き卵を並べると完成。

自炊したことで栄養バランスもばっちり。

画面を見ているだけで美味《おい》しそうだなと思う。


【イブキさんのナイトルーティン】

十九時　夕食。

お隣の高校生から貰ったコンビニ弁当をむさぼる。

味は濃ければ濃いほどよく、量は多ければ多いほど良い。

一つでは足りなかったので、近所の焼き肉屋にあるダクトの下に向かい、そこから出る肉の香ばしい匂いを嗅ぎながら白米を喰《く》らう。

「こらこら」

アカネさんは思わず苦笑いを浮かべる。

「ダクト飯はダメでしょ」

「ダメなのか？」

「限界すぎるから」

「栄養バランスの偏りも気になります」


【二十歳の大学生女子のナイトルーティン】

二十二時半。

お風呂に入った後、寝る前に白湯《さゆ》を飲む。

ゆっくり時間をかけて飲むことで体が温まり、寝つきも良くなる。


【イブキさんのナイトルーティン】

二十二時半。

お隣の高校生からお風呂を借りて、お風呂に入る。

自室に戻り、寝る前に白湯を飲もうとするが、水道が止められているのを忘れていたので蛇口からは何も出ない。

【二十歳の大学生女子のナイトルーティーン】

寝付きをよくするためにアロマを焚く。

スキンケアをしてから就寝。

二十三時半。

【イブキさんのナイトルーティン】

二十三時半。

ジャージ姿のまませんべい布団に仰向《あおむ》けになる。

空腹と喉の渇きのせいで寝付きが悪く、暗い部屋からは、イブキさんの井戸の底からのようなうめき声が聞こえてくる。

やがて部屋は無音になった……。

「減量中のボクサーみたいな生活だったね」

アカネさんは唖然《あぜん》としていた。

「というか、あたしたちはいったい何を見せられてるの？」

「ナイトルーティン動画だが？」

「いやいやいや」とアカネさんはイブキさんの主張を否定した。「日本の貧困についてのドキュメンタリー動画だったけど」

「ザ・ノンフィクションという感じでしたね」

カナデさんも同調する。

「内容もさることながら、画質がねえ」

「こっちのナイトルーティン動画はちゃんとした撮影機材を使って、ちゃんとした編集をしてるからだと思います」

僕はそう補足する。

「イブキさんのはスマホで適当に撮って、適当にテロップを入れただけなので」

テロップ以外は素材のままだから、ザ・ノンフィクション感が出るのだろう。まあ内容もそんな感じではあるけど。

「取り敢《あ》えず、この動画は投稿してみるとして」

「え」

カナデさんは意表を突かれたように言った。

「公開するんですか？　これを？」

その言葉には『このナイトルーティン動画、公開できるようなクオリティか？』という意味が含まれているように思えた。

「何が当たるか分かんないからね」

アカネさんは平然とそう答える。

「まずは投稿してみないと」

「うむ。打席に立たないことには、ヒットを打つことはできない」

イブキさんも同じ思いのようだった。

「思い切り振ってみれば、ホームランになるかもしれない」

「でしたら、止めはしませんが」

とカナデさんは言った。

「ただ、撮影機材はもうちょっと考えた方がいいかもね」

アカネさんが言った。

「スマホでもいいと思うけど、どうせやるなら撮影用のカメラが欲しいよね。形から入った方がやる気出るし」

「だけど、買うとなると高いですよ」

僕は手元のスマホで値段を調べる。

「安くても数万円、高いものだと十万円以上します」

「じゅ、十万円……！」

イブキさんの顔が引きつった。

「それだけあれば、当分は遊んで暮らせる額ではないか……！」

「当分は無理だと思いますよ」

「家賃分だけでも三ヶ月持ちませんよ」

「普段、小銭しか見てないもんだから、金銭感覚がバグってるのかもね」

「ですが、高校生にとっての十万円は大金であることは間違いありません」

「確かにハードルは高いですよね。もし上手《うま》くいかなかったら、ただ十万円を捨てたことになっちゃいますし」

「ない袖は振れないが、あっても確かに躊躇《ちゅうちょ》するな」

うーん……。

僕もイブキさんもカナデさんも黙り込む。

いったいどうすれば——と思っていた時だった。

「別に買う必要はないでしょ」

アカネさんがそう言った。

「え？」

「撮影機材。高いなら、買わなくていいじゃん。減るものでもないんだし、持ってる人から借りればいいんじゃない」

「なるほど。だけど、アイチューブの動画も撮れるような良いカメラ、持ってるような人に心当たりはあるんですか？」

「一応はね」

アカネさんは答えた。

「うちの学校に映画研究部があるのは知ってる？」

「えっと。部活紹介の時に見たような、見なかったような……」と僕はあやふやな過去の記憶を掘り起こそうとする。

四月――入学したての頃、新入生向けの部活紹介があった。

体育館に僕たち新入生が集められ、壇上で既存の部活が部員勧誘するためにそれぞれアピールをするというものだ。

その中に映画研究部も名を連ねていたような気がする。

「今は部員も減って、見た映画の感想を話し合うだけの部らしいんだけど。ちょっと前までは自分たちで映画も撮ってたらしい」

アカネさんは言った。

「まさかスマホで撮ってたわけじゃあるまいし、映画を撮ろうと思えば、それなりの機材を使ってたはずでしょ？」

「でしょうね。……あ」

「気づいたみたいだね。その機材を借りればいい。映画を撮らなくなっても、まだ部室には置いてあるはずだから」

「赤坂《あかさか》さん、策士だな！」

「ふふん。知将と呼びたまえ」

「ですが、そう簡単に貸して貰《もら》えるでしょうか？　映画研究部の部長の方はかなりの難物と聞いたことがありますが」

「そうなんですか？」と僕は尋ねる。

「ユウトくんは新入生説明会の映画研究部の印象は薄いようですが、私たちの学年は全員がはっきりと覚えています」

「僕たちの時は普通に概要を説明して終わりだったと思いますけど。カナデさんたちの時は違ったんですか？」

「私たちの時の映画研究部の紹介は、壇上にスクリーンが降りてきたかと思うと、映像が突如流れ始めました」

「映像ですか」

「映画研究部の魅力をアピールするための宣伝動画です。五分ほどの尺の青春ムービーのようなものでした」

「それだけ聞くと、何の問題もないように思いますけど」

「ええ。ですが、その映像には見た人を映画研究部に入部させるための、サブリミナルの演出が無数に仕込まれていたのです」

「さぶり……なんだ？」

「サブリミナル効果。見た者の潜在意識に影響を与える演出のことです。映像の中に意識としては認識できないメッセージを挿入することで、視聴者の無意識に密《ひそ》かにメッセージを働きかけることができます」

カナデさんは言った。

「アメリカの映画館で、ポップコーンを勧めるメッセージを、認識できない一瞬だけ繰り返し上映したところ、そうしなかった場合と比べて、実際にポップコーンを購入した人は五十八％も増えたというデータがあるそうです」

「要するに洗脳しようとしてたってことだよね」とアカネさんが言った。「映像を見た人が映画研究部に入るように」

「そういうことですね」とカナデさんは頷《うなず》いた。「ちなみにサブリミナル効果を入れるのは世界各国で禁止されています」

「ええ……」

「後にそれが発覚して以降、部長は新入生説明会を出禁になりました。なのでユウトくんは見たことがないと思います」

「そんなことがあったんですね」

全く知らなかった。

それにしても――。

新入生が集まる説明会で洗脳映像を流すような部長――どう考えても素直に撮影機材を貸してくれるとは思えない。

「大丈夫かなあ……」

「へーきへーき」

とアカネさんは言った。

「こっちには秘密兵器があるからね」

「秘密兵器？」

「まあ、それは当日のお楽しみということで♪」

口元に指をあてがいながら、含みを持たせた笑みを浮かべるアカネさん。……何か良い作戦でもあるのだろうか？


そして翌日の放課後。

僕たちは映画研究部のある西校舎の特別棟にやって来ていた。

「普段部屋でいつも会ってますけど、こうやって学校で皆が揃《そろ》うと、何だかちょっと照れくさい気持ちになりますね」

「私と一ノ瀬《いちのせ》さんと赤坂さんは、学校では別々に行動していますから。ユウトくんがいないと集まることはありません」

「私は皆と会えて嬉《うれ》しいぞ」

「さて、今から映画研究部に乗り込むわけだけど」

僕たちのやりとりを尻目に、アカネさんが本題に入ろうとする。

「あ、そうだ。秘密兵器って結局何なんですか？」

くせ者の映画研究部の部長からアイチューブの動画撮影に使う機材を借りる――恐らくは一筋縄ではいかないだろう。

けれどアカネさんは秘密兵器があると言っていた。

「もう少ししたら来ると思うよ」

もう少ししたら来る——ということは人なのだろうか？　僕が推測を立てていると廊下の向こうから見知った顔が現れた。

「おまたー♪」

「マキねえ!?」

人懐っこい笑みを浮かべながら歩いてきたのは、マキねえだった。

僕の姉であり、アカネさんが僕の家に入り浸るようになった元凶でもある。カナデさんとイブキさんとも友達なのだそうだ。

「お、来た来た」

「ごめんねー。委員会の仕事手伝ってたら遅くなっちった。こっち来る途中にも校長先生に捕まっちゃってさー」

「なに？　悪いことでもしたの？」

「あはは。違う違う。立ち話してただけ」

マキねえはそう言うと、

「校長先生くらい偉くなると、気軽に話しかけてくれる人もいないみたいでね。あたしは普段よく声を掛けてたから、気に入られちゃった」

ケタケタと屈託なく笑った。

「アカネさん。秘密兵器っていうのは……」

「そう。マキのこと」

アカネさんはぱちんとウインクしてくる。

「この子のコミュ力は化け物級だから。目には目を、怪獣には怪獣をってね。映画研究部の部長相手でも交渉してくれるはず」

マキねえのコミュ力の高さは弟の僕が一番よく知っている。

マキねえは誰とでもすぐに仲良くなれてしまう。

アカネさんやカナデさん、イブキさんというタイプの全く異なる三人ともあっさり友達になっているのがその証拠だ。

「マキさんであれば、確かに可能かもしれません」

「うむ。とても心強いな！」

さすがコミュ力の鬼。

カナデさんやイブキさんからの信頼も厚いようだ。

「撮影するための機材を借りればいいだけでしょ？　任せといてよ！　可愛《かわい》い弟と友達のためならたとえ火の中水の中！」

マキねえはそう言うと、映画研究部の部室の扉を何の躊躇もなく開け放った。

「たのもー！」

道場破りのようにずんずんと中に踏み入る。

……うわあ、僕には絶対にできない芸当だ。

「よし。あたしたちも行こう」

「マキさんは鉄砲玉扱いですか……」

マキねえの後に、僕たちも続いた。

映画研究部の部室は空き教室を使用したものだ。

窓がある奥にホワイトボードが設置され、教室の中央には、長方形を描くようにして机が整然と並べられている。

左手の壁には大きな本棚があり、映画のBDや本が陳列されていた。

部室内は閑散としていた。

誰もいないのかな——と思った時だった。

「ウェルカム！　我が映画研究部の部室へ！」

「うわっ!?」

いきなり背後から抱きつかれた。

僕の肩口越しにゅっと顔が飛び出してくる。

凛《りん》とした目鼻立ちの整った、綺麗《きれい》な女の人だった。

「あ、あなたは……？」

「人に名前を尋ねる時は、まず自分が名乗るのが礼儀ってものじゃない？」

「確かに……」

彼女の言う通りだ。

押しかけてきたのはこっちなのだし。

「僕は一年の田中《たなか》――」

「あたしは映画研究部の部長――如月《きさらぎ》吉美《あずみ》！」

「先に名乗られた！　さっきの問答は何だったんだ!?――って、あれ？　映画研究部の部長さんなんですか？」

「イエス！」とアズミさんは答えると、僕の前に回り込んできた。

新入生説明会における蛮行の話を聞いて、映画研究部の部長は何となく男子をイメージしていたからびっくりした。

こんな綺麗な女の人だったなんて……。

腰まで髪を伸ばしたアズミさんは、妙な制服の着方をしていた。

シャツの上にカーディガンを羽織り、両袖の部分を胸の前で結ぶ――いわゆるプロデューサー巻きをしていた。

かなり前の時代に流行《はや》ったファッションだ。今の時代にプロデューサー巻きをしている人を僕は初めて見た。

「というか、どこから現れたんですか……」

「うちは隣にもう一つ部室があるのよ。撮影機材とかプロジェクターが置いてる。あたしはそっちの方にいたから」

「なるほど」

「それにしても、よく来てくれたわね！」

僕に正対したアズミさんは、僕の手を取ってきた。

「うえっ⁉」

「あなたは映画研究部への入部希望者なんでしょ？」

「いや、僕は……」

「皆まで言うな！　その目を見れば分かる……！」

「何も分かってないと思いますけど⁉」

「……ユウト、そうだったのか？」とイブキさんは尋ねてきた。「知らなかったぞ。映画研究部に入りたかったなんて」

「違いますから！　撮影機材を借りにきたんです！」

僕たちのやりとりを尻目に、マキねえが声を掛ける。

「アズミさん、お久しぶりですー」

「あら？　マキじゃない」とアズミさんはマキねえに気づいた。「最近顔出さないから皆も寂しがってたわよ？」

「ほんとですか？　なら今週辺り、一回顔出しますね」

マキねえはアズミさんとも知り合いのようだ。本当に顔が広いなあ。この学校の全生徒と繋《つな》がりがあるんじゃないだろうか。

「実はうちの弟がアイチューブの撮影用にカメラが必要らしくて。映画研究部は昔、映画撮ってたから機材もあるんじゃないかって」

「確かにうちの部には撮影用のカメラが眠ってるわ。アイチューブのための動画を撮るのにも問題なく使えるはずよ」

アズミさんは顎に手をあてた。

「ちなみにアイチューブで何をするつもりなのかしら」

「彼女——イブキさんが動画投稿するんです」

「あなた、一ノ瀬さんね。スポーツテスト学年一位の」

「知ってるんですか？」

「そりゃね。彼女には才能があるもの」とアズミさんは言った。「あたしの目は光る原石を見逃したりはしないわ」

「アズミさんは才能がオーラで見えるんだって」

マキねえがそう教えてくれる。

「人とか人が作った作品とか。アズミさんが『これは当たる』って言ってた映画とか漫画は軒並み大ヒットしたし」

「へええ」

「ちなみにあなたたち、キラドットって知ってるかしら？」

「今大人気のアイチューバーですよね。女子五人組の」

「彼女たちがまだ全く芽が出てなかった頃、たまたま動画を見てね。光るものを感じたからアドバイスしてあげたの。

そうしたらその後、彼女たちは爆発的に駆け上がっていったわ」

「それは凄《すご》い」

「もっとも、彼女たちに才能があって、頑張ったからこその成果だけどね。まあ、あたしの見る目に狂いはないわ」

「だったら、自分で作品を作れば凄いことになるんじゃ……！」

「残念だけど、それはムリね！」

「え？　そうなんですか？」

「あたしは見る目はあるけど、作ることはできない！　光る原石は見抜けても、光る原石を生み出すことはできないの！」

「それ自慢げに言うことか？」

アカネさんがツッコむ。

「アイチューバーになりたいということだけど」とアズミさんは尋ねてくる。「もう実際に動画は投稿したのかしら？」

「一応、何本かは」

「へえ。見せて貰《もら》っても？」

僕たちは顔を見合わせた後、頷《うなず》き合い、スマホを渡した。

「………」

アズミさんは僕の以前撮ったナイトルーティン動画、その後に投稿した何本かの動画を合わせて視聴していた。

やがてアズミさんは顔をゆっくりと上げた。

「どうでしたか？」

「全然ダメダメね」

アズミさんはふーっと呆《あき》れたように息を吐いた。

「企画もダメだし、画質もダメ。編集もダメ。内容もダメダメ。そもそも今からナイトルーティン動画をやろうとする感性がなってない」

「ボロクソに言われた！」

「その後に投稿したこっちの動画もね。女子高生が野球をしてるだけの動画って。ホームビデオじゃないんだから」

「まあ実際、全く再生数回ってないからね」

とアカネさんは苦笑する。

「だけど、光るものは感じるわ」

「「え」」

アズミさんはイブキさんを見やる。

「一ノ瀬《いちのせ》さんからは才能のオーラを感じる。上手《うま》くポテンシャルを引き出せれば、大人気になることも不可能じゃない」

「それに数本とは言え、実際に動画投稿しているというのは素晴らしいわ」

「おお!?」

「こんなクオリティでも？」

「こんなクオリティでもよ！」

アズミさんは言い切った。

「やりたいと希望を語る者と実際にやった者の間には深い河が流れている。そこを越えることができる者はそういないわ。あなたたちは見事、その河を渡りきった。口先だけの人たちとは明確に違う。大いなる一歩を踏み出すことができたの。たとえクオリティが死ぬほど低くともそれは誇るべきことだわ！」

「たぶん褒めてくれてることは分かるけど、クオリティが低いって前提があるから、素直に喜びにくいなあ……」

どういう反応をすればいいのか困ってしまう。

「いいわ。撮影機材は貸してあげる」

「おおっ！」

「ただし、一つだけ条件があるわ」

「条件？　それはいったい……」

何かとんでもないことを吹っかけられるんじゃないだろうか——と戦々恐々としていた僕たちにアズミさんは言った。

「あたしもあなたたちの仲間に入れなさい」

「え？」

「あなたたちからは大跳ねする可能性を感じるから。もし上手くいったら、とんでもないところに到達できるかもしれない」

アズミさんは不敵な笑みと共に胸に手を置いた。

「さっきも言ったけれど、あたしの面白さを見抜く目は本物よ。あなたたちが成功するための戦力には申し分ないと思うけど？」

「だってさ、どうする？」

アカネさんが僕たちに意見を尋ねてくる。

「私はユウトくんの意見に従います」

「うむ。では私もそうしよう」とイブキさんも腕組みしながら頷いた。

「ぼ、僕ですか」

舵取《かじと》りを任されてしまった！

だけど、これは少しは頼りにされているってことじゃないだろうか？　前までの僕よりも成長してるってことでは？

「アズミさんが参加したら、撮影機材も貸して貰えるみたいですし。協力してくれる人は多い方がいいと思います」

「じゃあ、ユウトくんの一存でけってーい」

「そう言われるとプレッシャーが凄いな……」

「ふふん。任せておきなさい。あたしがプロデューサーに就いた以上、あなたたちを必ず成功に導いてみせるわ！」

「いつの間にかプロデューサーになってるし！」

ともあれ、これで撮影機材を貸して貰えるはずだ。イブキさんの動画のクオリティも今までより向上するに違いない。

「さてと。じゃあ、約束通り撮影機材は貸してあげるわ」

良かった。無事に貸して貰えるみたいだ。アズミさんは怖い人かと思ってたけど、いざ対面してみると別に平気じゃないか。

「あ、その前にユウトくん、この書類にサインを貰えるかしら？」

「これは？」

「持ち出し許可証のようなものかしら」

「なるほど」

だとすれば、サインした方がいいよね。

「ここに名前を書いてくれる？」

とんとんと書類の一角を指さすアズミさん。

書類の記名欄のところだけが四角い枠で空いていて、それ以外のところは覆い隠されていた。

なんでこんなことを……？

プライバシーの保護的なことなのかな？

まあいいや。取り敢《あ》えずサインしよう——とペンを執った時だった。

「ユウトくん、ちょっと待ってください」

横から伸びてきたカナデさんの手が、僕の手元にある書類を摑《つか》んだ。それを確認すると呆れたようにため息をついた。

「これは映画研究部の入部届です」

「え」

「サインした瞬間、映画研究部に入部することになりますよ」

「ええええ!?」

「バレちゃったわね」

アズミさんはしれっと笑みを浮かべた。

「せっかくだから、ユウトくんを新入部員に引き込もうとしたのに。既成事実さえ作ればこっちのものだから♪」

「さらっととんでもないこと言ってる！」

「ユウトくんは料理研究部の副部長です。映画研究部には譲れません。生涯ずっと私と共に料理研究部でありつづけます」

「生涯はムリです！　三年で卒業しますから！」

アズミさんは意外と普通の人だと思ってたけど、訂正せざるを得ない。彼女はやっぱりしたたかで侮れない人だ……！

# 第三章　楽しいバズり計画



映画研究部から撮影機材を借りる許可を得た僕たち。撮影機材と共に部長のアズミさんも協力してくれることになった。

その週の週末。

僕の部屋に皆が泊まり込み、合宿をすることになった。

発案者であるアズミさんの主張はこうだ。

「泊まり込みで合宿をして、チームの連帯感を向上させるわよ！　そしてバズるための良い企画を生み出すの！」

それを聞いた姉の友人たちは賛同した。アズミさんと同じく、やる気に満ち満ちているから――というわけじゃない。

「合宿かー。楽しそうじゃん」

これはアカネさんの言葉。

「ユウトくんといっしょにいられるのであれば」

これはカナデさんの言葉。

「泊まり込みなら、お相伴にあずかれるな！」

これはイブキさんの言葉だ。

いずれも付加価値の方に重きを置いているようだった。

やる気がないわけではないけれど、どちらかというと泊まり込みの合宿というところに惹《ひ》かれているのだろう。

文化祭の準備をするのが楽しいというよりは、皆で泊まり込みで作業をするということにワクワクするのと同じだ。

僕もちょっとワクワクしていた。

「では、早速始めましょうか！」

アズミさんは声を張り上げると、壁に掛けられたホワイトボードを叩《たた》いた。これは彼女が部室から持参したものだ。

「まずはあたしたちの目標を共有するわよ。一ノ瀬《いちのせ》さん」

「む？」

「アイチューバーとしてのあなたの目標は何かしら？」

「そうだな……」とイブキさんは顎に手をあて、考え込む。「とにもかくにも家賃を払うためのお金を稼ぐことだ」

「ちなみに家賃は？」

「四万八千円だが」

「なるほどね。——って、みみっちいわね！」

バァン！

　アズミさんは怒りに任せてホワイトボードを叩いた。

「ちょっ!?　壁を叩くのは止《や》めてください！　隣の人に迷惑だし、乗り込んで来られるかもしれないですから！」

「それなら問題ないぞ」

　とイブキさんは言った。「隣人はここにいるのだから」

「あ、そっか」

「それに私はユウトが壁を叩いたとしても、迷惑だとは思わない。私は普段、それ以上の迷惑を掛けているのだからな。はっはっは」

「自覚はあったんですね！　いや、僕は迷惑だとは思ってないですけど！」

「そんなことより一ノ瀬さん！　いくらなんでも目標が低すぎるわ！　四万八千円欲しいのなら普通にバイトしろお！」

「普通にバイトできていたら、アイチューバーなど目指さない！」

「ちょっと格好良さげに言うんじゃないわよ。腹立つわね。あのね、目標ってのはもっと高く持たないといけないの」

　アズミさんは言った。

「世の中、オンリーワンになりたいって人がよくいるけど、オンリーワンになるためにはナンバーワンを目指さないといけない。山頂を目指して、結果的に八合目辺りまで登れることはあっても、最初から八合目を目指したら、八合目にはたどり着けない。スポーツの世界だってきっとそうでしょう？」

「む……。確かに如月《きさらぎ》さんの言う通りだ」

「分かってくれたわね」

「ああ。私は目標を四万八千円から下方修正する」

「そう！　それでいいの！　いくら？」

「五万円にする」

「だったらバイトしろぉ！」

アズミさんのツッコミが火を噴いた。

「二人、息ぴったりじゃん」

とアカネさんが笑った。

「一ノ瀬さんと如月さんでコンビを組んで今年のM－1にでも出たら？」

「あのね、クラスのお調子者が勢いで出て勝てるほど、プロの世界というのは生やさしいものではないのよ」

アズミさんは呆《あき》れたように言った。

「毎年、アイドルやアナウンサーが賑《にぎ》やかしとして出ているけれど、誰一人として準決勝にも上がれていないでしょ。

M－1グランプリというのはね、プロが人生を懸けて挑む戦いなの」

「凄《すご》い熱量だ」

取り敢えず、アズミさんはお笑いが好きなんだなということは分かった。

「話を戻すわ。目標は高く持たなければならない。だからあたしたちは、チャンネル登録者100万人を目指しましょう」

「100万！」

僕たちはその途方もない数字を前に唖然《あぜん》とする。

「雲の上すぎて想像もつかない」

「ええ。だけど、今人気のアイチューバーだって最初は登録者0人だった。一段ずつ着実に階段を上がれば必ず頂に通じている」

アズミさんの口調には熱が籠もっていた。それを目の当たりにすると、もしかするとできるんじゃないかという気がしてくる。

「そのためにもきちんと段階を踏んでいきましょう。アイチューブで収益化するための条件は知っているかしら？」

「ええと確か、一定の登録者数と再生数が必要なんですよね」

「ザッツライト！」

アズミさんはぱちんと指を鳴らした。

「アイチューブで収益化するためには、1000人以上の登録者と、4000時間の再生時間が必要になるわ」

「なるほど」

「ちなみに、この収益化ラインを突破することができるアイチューバーは、全体の10％ほどしかいないわ」

「結構ハードルが高いんですね……」

「意外とそうでもないわよ。一本動画が跳ねればすぐに到達できるから。ただそのためにはきちんと戦略を立てる必要があるけど」

アズミさんは僕たちを見渡すと尋ねてきた。

「あなたたちはアイチューブで人気を出すためには、何が一番重要だと思う？　それぞれの意見を聞かせて貰《もら》えるかしら」

「やっぱあれじゃない？　見た目の良さ」

アカネさんがそう言った。

「イケメンとか美人を動画に出演させるとか」

「動物も良いのではないでしょうか」とカナデさんが言った。「可愛《かわい》らしい動物を映すと画面が華やかになると思います」

「二人とも、中々いい線ついてるわ。他には？」

「面白いことではないか？」

「ええ。それは間違いなく一番重要なことよ」

とアズミさんは言った。

「では、面白いというのはどういうことかしら？」

「「え？」」

「あたしたちは普段、動画を見て面白いと口にするわけだけれど。その面白いというのはどういう状態のことか分かる？」

「どういう状態って言われてもねえ」

「面白いものを作れば、人気が出る。あなたたちはそう思ったからこそ、すでにいくつかの動画を撮ってアップした。そうでしょう？」

僕たちの反応を見ながら、アズミさんは続けた。

「その考え自体は正しい。だけど、面白い動画とは何なのか――それをしっかりと自分の中で定義しておかなければ、面白いものは作れないわ」

「…………」

確かに僕たちは漫画を読んだり、本を読んだり、動画を見たりした時、それが良ければ面白かったと感想を口にする。

けれど、面白いってどういうことなのかは考えたことがなかった。

その場がしんと静まりかえっている中――。

「ユウトくんはどう思う？」

ふと質問が飛んできた。

「えっと、そうですね……」

しばらく記憶を探った後。

「僕が面白いって思うのは、笑ったり、泣いたり、ワクワクしたり……そういう気持ちになった時ですかね」

「つまり？」

「その、何というか、漠然とした答えですけど」

と僕は恐る恐る答える。

「良い気持ちになるのが面白いってことなのかなあと」

「イグザクトリィ！」

「うわっ！　びっくりした！」

急に大声を張り上げるのは心臓に悪いから止めて欲しい。

けれど、アザミさんは満面の笑みを浮かべていた。

「面白いというのはつまり、感動することよ。見た人の心を動かすことができれば、それは面白い動画と言えるわ」

なるほど。言われてみればそうかもしれない。

「笑えるものも、泣けるものも、背筋が凍るような怖いものであっても、それらは全て人の感情を動かしているという点は同じ。

それができれば、面白いものと見做《みな》されるわ。

ただ、怒りの感情だけはそれ単体では感動にはなりえない。怒りを与えた場合はそれを解消させるところまで行かないと」

「スカッとさせるってことね」

「そうよ」

とアザミさんは頷《うなず》いた。

「そして視聴者が見る動画というのは、私たちが見せたい動画ではなく、視聴者が見たい動画だということも忘れてはいけないわ」

「どういうこと？」

「世の中は需要と供給で回っているということよ。需要がないもののクオリティをどれだけ磨いても意味がない。

たとえばこの大学生のナイトルーティン動画だと、大学生の女子の暮らしを覗《のぞ》きたいという視聴者の欲求に応えていると考えられるわ。

男性の視聴者は可愛い女子の生活を覗きたいから、女性の視聴者はおしゃれな生活に憧れて参考にしたいからとかね。

もちろん、これが実際に正しいかどうかは分からない。自分の中で仮説を立てて、それを検証するのが大事なの」

アズミさんは言った。

「面白いものは人気が出るというのは正しいわ。だけど、それを面白いと思う人の分母が少なければ人気にならない。

動画を投稿している以上、少なくとも投稿者はその動画を面白いと思っている。にも拘《かか》わらずほとんどの動画は人気にならず、ネットの海に埋もれている。

——それはなぜか？

動画の題材が人を選ぶもので、面白いと思う人の分母が少なかったか。もしくは作り手の思う面白さを十全に伝えきれていないかのどちらかよ。

つまり、人気を出したければ、多くの人が面白いと思う題材を用いて、かつその面白さを分かりやすく伝えてあげる。

そうすれば必ず動画は再生されて、人気は出るはずよ」

「す、凄い熱量だ」

僕はアズミさんに圧倒されていた。

「彼女の話を聞いていると、何だかできそうな気がしてくるな」

イブキさんは前のめりになっている。

「確かに」とアカネさんは頷いた。「如月さんが宗教開いたり、ネットワークビジネスを始めたら天下取れそう」

「それは褒め言葉になっていないのでは？」

とカナデさんが苦言を呈する。

「いいえ。今の言葉、褒め言葉として受け取っておくわ！」

アズミさんは気にした様子もなく言う。

「というか基本、あたしはあたしに向けられる言葉を全て肯定的に捉えているわ。悪評も評判のうちだから。要は注目されてるってことだし！」

自己肯定感が高い！

だけど、社会を渡っていくにはそれは大事なスキルだ。

自己肯定感は高いに越したことはない。

「これらの前提を踏まえて、企画会議をしましょう。一ノ瀬《いちのせ》さんを人気アイチューバーにするための第一歩よ！」

アズミさんはそう威勢良く宣言した。


そして僕たちは動画の企画会議を行うことに。

アズミさんがホワイトボードの前に立ち、僕とアカネさん、カナデさんにイブキさんがテーブルを囲んで座っていた。

「動画の人気を左右するのは、ずばり企画よ」

アズミさんはホワイトボードを叩《たた》いた。

「出演者じゃなくて？」

「企画はソフト、出演者はハードよ」

「む。どういうことだ？」

「企画はゲームソフト、出演者はゲーム機に例えると分かりやすいかしら。どれだけ高性能なゲーム機であっても、ソフトがクソゲーしかなかったら誰も買わないでしょ？　それと同じよ。ゲーム機自体をほしがる人なんて、よほどの物好き以外はいない。まずは面白いソフトを出すことによって皆の注目を集める。ソフトが評判になれば、ゲーム機も勝手に売れていくはずだから」

「ゲームソフトが面白ければ、ゲーム機は別に何でもいいってこと？」

アカネさんの質問はつまり、企画さえ面白ければ、出演者が誰であろうと人気は出るのだろうかということだろう。

「いいえ。ゲーム機本体も同じくらい大事よ。ソフトの面白さをちゃんと引き出せる性能でなくてはならない」

アズミさんは言った。

「グラフィックが売りのゲームソフトがあっても、ゲーム機がファミコンレベルしか描画できないと意味ないでしょ」

「確かに」

「あと大事なのは差別化ね。他のアイチューバーがやってる人気企画と同じことをしても視聴者の関心は引けないわ」

「けど皆、ナイトルーティン動画を投稿してませんか？」

「バカの一つ覚えみたいに？」

「アカネさん、そこまでは言ってないです」

さらっと僕を悪者に仕立て上げようとするの止《や》めて欲しい。

「ナイトルーティン動画と言っても、全部が同じわけではないわ。たとえばあなたたちが参考にしたのは大学生女子のナイトルーティン動画。で、こっちは自衛隊の男子のナイトルーティン動画。ナイトルーティン動画というところは同じだけど、演者の属性でちゃんと差別化できているでしょう？」

確かにそうだ。

大学生女子のルーティン動画を真似《まね》て、大学生の女子が同じようなルーティン動画を上げても見ようとはそれを思わない。

大学生女子のルーティンが気になるなら、先行作を見れば良い。

だけど、たとえば自衛隊男子のルーティン動画なら、同じルーティン動画でもまた別のものが見られそうな気がしてくる。

企画の骨組み自体は同じでも、中身は違うから。

「定番の企画にほんの少し新味を足すだけで、他の動画と差別化できる。むしろ斬新すぎる企画は視聴者はついてこられない。

定番の要素三、新味の要素が一くらいがちょうどいい。

なおかつ、その新味の部分が他の人には真似しにくい、その人の個性が反映されたものであればエクセレントね！

ちなみにヒットする企画に必要なのは、オリジナリティ、それに明快さ。そして極端さだと言われているわ」

「へぇえ」

凄《すご》い分析力だ。

「ていうか、そこまで分かってるなら、あたしたちいらなくない？」

アカネさんが言った。

「一ノ瀬さんと如月《きさらぎ》さんの二人がいれば全部できるじゃん」

「確かに」

「いいえ。そんなことはないわ。この前、部室でも言ったでしょう？　あたしは見る目はあるけど、作ることはできない！　光る原石は見抜けても、光る原石を生み出すことはできないと！

抽象的にこういうものが人気が出ると述べることはできても、肝心のアイデアとなると全く浮かばないわ！」

アズミさんはそう言うと、

「あたしはね、御託を並べる専門なの！」

「それ堂々と言えるセリフか？」

「あなたたちがアイデアを出し、あたしがそれをジャッジする！　その方式で企画会議を進めていくことにするわ！」

「全然聞いてないな」

アズミさんは司会者として会議を進行する。

「さあ！　どんどんアイデアを出していきましょう！　わんこそばのように！　矢継ぎ早に次々と！」

「うーん……」

「そう言われてもねえ」

「先ほどの条件を満たすものとなると、そう簡単には出てこないかと」

早速、手詰まりになってしまった。

「最初から会心のアイデアを出すなんて不可能よ！　まずはゴミみたいなアイデアで良いから出してみましょう！」

「そんなので良いんですか？」

「ええ！」

そう言われたらまだ出しやすい気がする。

僕は思いついたものを取り敢《あ》えず次々と口にしてみた。

「じゃあコーラにメントス入れてみるとか」

「良いわね！　ナイスゴミアイデア！」

「駄菓子屋で爆買いしてみるとか」

「これまた素晴らしいゴミアイデアよ！」

「ファンタにメントス入れてみるとか」

「もうゴミそのものね！」

「ゴミそのものはもう悪口ですよね!?」

僕は思わずツッコんでいた。

「いいえ。そんなことはないわ。ユウトくんがゴミアイデアを出すことによって、他の皆のハードルが下がるから！　発言しやすくなるの！」

アズミさんはそう言うと、グーサインを掲げてきた。

「ユウトくん！　ナイスゴミアイデア！」

「褒められてるのかもしれないけど、釈然としない！」

「取り敢えず、一ノ瀬さんの個性を考えてみればいいんじゃない？　それを見つけてから生かせる企画を探すとか」

とアカネさんが言った。

「良い提案ね！　赤坂《あかさか》さん、一ポイント！」

「何か知らんけどポイント入った」

「溜《た》まったらどうなるのだ？」

「五ポイント溜まったら、あたしがハグしてあげるわ！」

「びみょーだなー」

「それよりは食べ物が欲しいな」

「なるほど。その手がありました」

カナデさんは得心したように頷くと、僕の方を見やった。

びしっと指さしてくる。

「ユウトくん、百ポイントです」

「え」

気づいた時には、僕はカナデさんに抱きしめられていた。

「えええ!?　なんで!?」

「カナデポイントを獲得した人には、ハグを進呈します」

「勝手に作ったポイントを勝手に吹っかけて、好き勝手する口実を作ろうとしてる！」

「一ノ瀬さんの個性と言えば、まあ運動神経だよね」

「アカネさん！　僕を放置して話を進めないでください！」

「さみしがり屋だなあ。ユウトくんは何かある？」

「お父さんが百獣の王を目指してるっていうのも個性的だと思います」

僕はカナデさんのハグから抜け出しながら言った。

百獣の王を目指しているらしいイブキさんの父親は、獅子《しし》は我が子を千尋の谷に落とすと言ってイブキさんに一人暮らしをさせた。

「それに高校生で一人暮らししてるっていうのも個性的かなって」

「常にお金に困っているというのもそうですね」

カナデさんはそう付け足した。

「エクセレント！　良い感じよ！　じゃあ、今挙げてもらった彼女の個性を生かした企画

を考えてみましょうか！」

　アズミさんが先を促した。

「運動神経を生かすとなると、スポーツとかになってくるんじゃない？　色んなスポーツに挑戦する動画とか」

「それは良いな！」

　とイブキさんは乗り気だった。

「私はスポーツ全般が好きだからな」

「確かにスポーツというアプローチは良いと思うわ」

　アズミさんは言った。

「けれど、ただ普通にスポーツをしてるだけじゃインパクトに欠けるわね。面白い企画に必要なのは極端さだから」

「極端さねえ」

　とアカネさんが言った。

「これどう？　鉄球で野球してみた」

「危険すぎますって」

「そもそも投げるのも打つのもムリだと思いますが」

「あたし、地獄甲子園好きだから」

　アカネさんのことだから、昔の漫画とかだろうか。

「白瀬《しらせ》さんはどう？」

アズミさんがカナデさんに話を振った。

「スポーツについては全く詳しくないので何とも」

とカナデさんが言った。

「ユウトくんのことなら何でも知っていますが」

「この世で一番汎用性のない知識ですね！」

あと、何でもって言うのはどこまでなんだろうか。

僕の知られたくない秘密とかも握ってたりするのかな……。たとえば、お尻のところに星形のほくろがあることとか。

いや、深掘りするのが怖いからこれ以上広げたりはしないけど。

「ユウトくんのアイデアを聞きたいわね」

とアズミさんからお鉢が回ってきた。

「どういう企画がいいと思う？」

「そうですね……」

僕はしばし考えた後、口にした。

「スポーツ対決をするとかはどうでしょう」

「なるほど。だけど、ただ対決をするだけじゃ今ひとつ盛り上がりに欠けるわ。こういうのは相手が大事になるけど」

アズミさんは更に僕に尋ねてくる。

「一ノ瀬《いちのせ》さんは誰とどういう対決をすれば面白いと思う？」

「えっと、いっそ全員を相手取るとか」

「全員を？」

「たとえばですけど、野球部の部員たちを全員一人で打ち取るとか。うちの高校の野球部は結構強くて有名みたいですし」

確か県内でもベスト8に入ったことがあるとか。

春のセンバツに二十一世紀枠で出場できそうになったこともあるらしい。結局、その時は選ばれなかったみたいだけど。

アズミさんは僕の言葉を聞いて、沈黙していた。

あれ……？　どうしたんだろう？　もしかして響かなかったのかな？　あまりにもダメなアイデアすぎて言葉も出ないとか？

という不安を抱いていたその時だった。

「それよ！」

「うわっ！　びっくりした！」

アズミさんは大声と共に僕を指さしてきた。

急だったからビクッとしてしまう。

「一ノ瀬さんの個性を生かしつつ、オリジナリティもあり、極端さもある！　この企画はキラキラと光り輝いて見えるわ！」

思ってたより反応が良かった。

「イケる！　イケるわ！　これはきっとバズる！」

そう熱っぽく語ると、

「ユウトくん！　グッジョブよ！」

「ど、どうも」

僕に対してグーサインを掲げてきた。

「アズミポイント、百ポイント進呈よ！」

「それは大丈夫です！　間に合ってます！」

「遠慮することはないわ！　良い働きをした人は手厚く労《ねぎら》ってあげる！　それがあたしのモットーだから！」

「ぎゃあ！　有無を言わせずにハグしてきた！」

「うふふ。ハグだけじゃないわ！　百ポイントを獲得した子にはチューしてあげる！　頬に労いのチューよ！」

「海外っぽいコミュニケーションの取り方！」

良いアイデアが出てテンションが上がったのだろう。

僕に抱きついてきたアズミさんは、ほっぺにキスの雨を降らせてきた。柔らかさと熱の感触が頭の芯をじんと痺《しび》れさせる。

けどこうなった時に怖いのは――。

「……ユウトくんから離れてください」

地を這《は》うような低い声で呟《つぶや》いたカナデさんの目には、嫉妬の炎が揺らめいていた。目の光がすっかり消えてしまっている。

「じゃあ、あなたもいっしょにする？」

「え」

「楽しいことは分け合った方が楽しいもの！」

カナデさんはしばらく

「では、ユウトくんに百ポイントを進呈します」

「あっさり籠絡された！」

「盛り上がってるところ悪いけどさ」とアカネさんが言った。「いきなり押しかけて勝負を受けて貰《もら》えるかね？」

「というと？」

「いや向こうは強豪の野球部でしょ？　あたしたちが勝負を挑んでも、はいそうですかと引き受けてはくれないんじゃないの」

確かにアカネさんの言う通りだ。

甲子園を目指しているレベルの野球部が、どこの馬の骨とも知れない僕たち素人の勝負を受けてくれるとは思えない。

時間の無駄だと一蹴されてしまうだろう。

「鉄球を使って野球をしようってあたしの企画ほどじゃないけどさ、これを実現させるのは結構ハードル高くない？」

「それに関しては問題ないわ！」

「何か策があるんですか？」

「ないわ！」

「ないんですか⁉」

「ええ！　それでも何とかするのがあたしたち裏方の仕事よ！」

アズミさんは気持ちいいくらいに言い切った。

「この企画が成功すれば、人気アイチューバーへの道が開かれる。だったら、どんな手を使ってでも対戦を取り付けてみせるわ！」

後日。

僕たちは企画を実現するために野球部に話を付けに行くことに。

放課後のグラウンドには、練習着に身を包んだ部員たちの姿があった。

さすがは地区大会ベスト8に入るほどの強豪校。

皆、練習着越しにも分かるほどの屈強な体つきをしていた。

アズミさんは部員たちの中から主将の姿を見つけると、躊躇《ためら》いなく歩みよる。アウェーだというのにおかまいなしだ。

主将はアズミさんを見ると、ぎょっとした表情を浮かべる。

たぶん、アズミさんが問題児だと知っているから、嫌な予感がしたのだろう。

主将はさっと目を逸《そ》らし、その場から逃げだそうとする——けれど、アズミさんはそれをみすみす逃したりはしなかった。

首根っこを摑《つか》むと、満面の笑みと共にぐいっと詰め寄った。

「げっ」

顔を引きつらせた野球部の主将はどうやら観念したようだ。アズミさんが熱っぽい口調で企画の趣旨をまくしたてるのを聞いていた。

「……俺の一存では決められない。監督を呼んでくる」

企画の趣旨を聞き終えた主将は、監督を呼びにいった。

しばらくすると、監督っぽい男の人が主将と共に戻ってきた。

年齢は四十代くらいだろうか。

アズミさんは監督に対して、先ほど主将にしたのと同じ熱弁を繰り広げた。すると監督はそれを一通り聞いた後に言った。

「ダメだ」

「ホワイ!?　なぜ!?」

アズミさんは監督に食ってかかる。

「なぜも何も、こっちにメリットがないから。それに今は大会が近いんだ。そんな動画を撮って遊んでる場合じゃない」

「ははーん。分かったわ！　さては負けるのが怖いんでしょう？」

「なに？」

「ご自慢の部員たちが、女子一人に抑えられたら面子《メンツ》が丸潰れになる——それが怖いから乗ってこないんでしょう？」

「…………」

挑発的な物言いに、監督は一瞬むっとした表情を浮かべたが、

「じゃあそういうことでいいよ」

「んなっ!?」

監督はアズミさんの要望をあっさり一蹴すると、背を向ける。

「さあさあ、練習だ！」

手を打ち鳴らしながら部員たちを促そうとする。

「いなされちゃいましたね」

「うーん。まあ普通はこうなるわな」

僕がそう呟くと、隣にいたアカネさんが苦笑した。

さすがに相手は大人だ。

ムキになって食い付いてきたりはしない。

「アズミさん、どうするんだろう」

「彼女のことですから、このまま引き下がるとは思えませんが」

「私からも頼んでみるとしよう」

そんなふうに話していた時だった。

部員たちの間からぎょっとしたようなどよめきが起こった。

「ん？　なんだ？　どうした？」

監督は部員たちのその反応を見て、怪訝《けげん》そうな表情を浮かべる。そして彼らの視線の先を追うように振り返ると――。

監督もまた部員たちと同じくぎょっとした顔になった。

なぜか？

アズミさんがグラウンドで土下座していたからだ。

「お、おい！　君、何してるんだ!?」

「ふふん、見て分からないかしら？　土下座よ！」

アズミさんは下から堂々とそう告げた。

何の躊躇いもなく土下座をしてのけた――。

監督を始めとした部員たちは気圧《けお》されていた。

「と、とにかく頭を上げてくれ！」

「あなたたちが首を縦に振ったら考えてあげてもいいわ！」

「それはもう脅迫じゃないか！」

「目線は下からなのに、こいつめちゃくちゃ上から目線だな!?」

「あたしは自分の目的を達成させるためなら何だってするわ！　土下座も厭《いと》わない！　先に根負けするのはどっちかしらねえ？」

「こ、こいつ……本当にこのまま土下座し続ける気か……」

「か、監督。他の生徒が見てます」

グラウンドの外にいる一般生徒たちが足を止め、こちらを注視していた。それを知ったアズミさんはにやりと笑った。

「いいのかしら？　端から見れば、あたしを土下座させてるように見えるけど？　これは問題になるんじゃない？」

「お前が勝手にしたことじゃねーか！」

反論する部員たち。

アズミさんはふっと笑みを浮かべる。

「だけど、あたしも一方的に要求を飲ませる気はないわ」

「あ？」

「さっき、勝負を受けても自分たちにメリットがないと言ったでしょう」

「ああ」

「ならこうしましょう！　もしもあたしたちが負けたら、次の大会が終わるまで野球部の雑用係をしてあげる！」

「「えええええ!?」」

いきなりの申し出に僕たちは声を上げてしまった。

「それあたしたちも？」

「もちろん！　あたしたちは一つのチーム！　一蓮托生《いちれんたくしょう》、死なば諸共《もろとも》よ！　地獄に行く時もいっしょだから！」

アズミさんはそう言うと、監督たちに向き直る。

「野球部は今、マネージャーがいなくて人手不足なんでしょ？　そのせいで雑用に手間が掛かってしまっている」

「……まあ、そうだ。よく知っているな」

「事前に情報を仕入れてきたもの」

アズミさんは得意げにそう言うと、

「あたしたちに勝てば、あたしたちが雑用を全て引き受けてあげる。そうすれば部員たちは練習に専念できる。悪い話じゃないと思うけど？」

「む……」

監督の表情には、少し迷いが生じていた。

「私からも頼む！」

イブキさんはアズミさんの隣に並ぶと、同じく土下座した。

「ええ!?」

「あら、一ノ瀬《いちのせ》さんまでしなくていいのに」

「如月《きさらぎ》さんは、私のために頭を下げてくれているのだろう？　なら、それをただ見ているわけにはいかない。それに」

「それに？」

「私は日頃から土下座は慣れているからな！　風呂を借りたり、ご飯をご馳走《ちそう》になる時によくユウトにしている！」

「頼むから慣れないで欲しい！」

僕は恐らく、イブキさんの土下座を一番見ている人間だ。いたたまれない気持ちになるからどうか止《や》めて欲しい……！

「さあ！　あたしたちの要求を呑《の》みなさい！」

「頼む！」

揃《そろ》って土下座をするアズミさんとイブキさん。目線は誰よりも下からなのに、物言いは誰よりも高圧的だった。

「うわー。よくやるわ」

「他人のフリをしましょう」

アカネさんとカナデさんはさっと目を逸らしていた。

「おい。土下座してる女子が二人に増えたぞ」

「これは動画に撮っておかないとな」

「…………っ!?」

野次馬の生徒たちがスマホを取り出したのを見て、監督は顔を引きつらせた。この光景が拡散されれば問題になってしまう。

「わ、分かった！　分かったから！　勝負は受けてあげるから！　撮られる前に二人とも早く頭を上げてくれ！」

「ふふん。そうこなくっちゃね！」

アズミさんは顔を上げると、満足そうに微笑《ほほえ》んだ。

「あなたたちの賢明な判断に感謝するわ！」

「賢明な判断っていうか、ほとんどカツアゲだったけど」

とアカネさんが苦笑した。

「まさかあそこまで身体《からだ》を張るとはねえ」

「彼女の新入生説明会での前科を考えると、意外でもありませんが」

こちらに戻ってきたアズミさんの表情は、充実感に満ちていた。

「まずは第一関門クリアというところね」

制服のスカートについた土埃《つちぼこり》を払いながら、笑みを浮かべる。

「いや、あたしたちも巻き添えになってるんだけど」

「雑用係になることを承諾した覚えはありませんが」

「対戦を取り付けるためには、ああするしかなかったんだもの。大丈夫よ！　勝てば何の問題もないわけだし！」

「でも、アズミさんはイブキさんが投球してるところ見たことありませんよね？」

「ええ、ないわ。一度たりとも」

「それで任せるのは怖くないんですか？」

「見たことはないけど、あたしの目が言っているわ。

一ノ瀬さんの才能があれば、地区ベスト8の打線をパーフェクトで抑えることくらいは全然訳ないってね」

アズミさんはそう言うと、イブキさんの両肩に手を置いた。

「あたしたちの命運は一ノ瀬さんの右腕に掛かっているわ！　負けたら皆の夏までの自由時間がなくなるから頑張ってね！」

「めちゃくちゃプレッシャーをかけますね!?」

普通はもっと気を楽にして貰《もら》おうとするものでは!?　これじゃ緊張して普段の実力が出せなくなっちゃうのでは!?

「あの、イブキさん、気にしないでくださいね」

僕は慌ててイブキさんに話しかけた。

「気負わなくていいですから」

「いいや、皆にはここまでして貰ったのだ。奮い立たずにはいられない」

イブキさんはそう言うと、

「報いるためにも、必ずやいい結果を残してみせるぞ！」

その表情からは、まるでプレッシャーなど読み取れなかった。

前向きな自信に満ち満ちている。

普段、ガスが止まって僕にお風呂を借りに来たり、ご飯をたかりにくる時の愛嬌《あいきょう》のあるイブキさんとは全く別人のようだった。

アスリートの顔をしていた。


グラウンドのマウンド上には、イブキさんの姿があった。

学校指定のジャージを着て、スパイクを履いている。

運動靴のままでは投げにくいだろうということで、野球部の人たちにサイズの合うスパイクを貸して貰ったのだ。

マウンドを均《なら》すイブキさんを、僕はカメラのレンズ越しに捉える。

これは映画研究部から借りた撮影用の機材。

スマホのカメラとは比べものにならないほどの本格的なものだ。

ちなみに対決のルールはこんな感じ。

野球部のレギュラーメンバー九人の打線を相手取り、全員を打ち取る――アウトにすることができればイブキさんの勝ち。

一人にでもヒットを打たれたり、四球を出せばイブキさんの負け。

勝てば動画の企画が成立して人気ユーチューバーになれるかもだけど、負けたら野球部の雑用係になってしまう。

「いやあ、ちょうど人手が足りてなかったから」と部員が言った。「マネージャーが大勢入ってくれるのは助かるなあ」

「しかも皆、めっちゃ可愛《かわい》いし」

「俺は赤坂《あかさか》さんがタイプだな。からかわれたい」

「俺はあのおしとやかな彼女がいい」

「俺はあのカメラを構えてる子が可愛くて好きだな」

「あれ男子だぜ？」

「だからこそ良いんだろうが」

野球部の部員たちは自分たちが負けることは露ほども思っていないらしい。すでに勝った後のことを話し合っていた。

……というか、僕もロックオンされてない？

野球部でも随一の体格の良い人に舐《な》めるような目で見つめられ、初夏だというのに背筋がすうっと冷たくなるのを感じた。

イブキさんが負けてしまったら、大変なことになる気がする。

主に僕の貞操的なことが。

何が何でも勝って欲しいけど、僕にできるのは見守ることくらいだ。それとイブキさんの勇姿を取り逃さないこと。

「おっしゃ！　まずは俺が切り込むぜ」

一人目の打者がバッターボックスに入った。

見るからにお調子者っぽい彼は、足下をスパイクで均すと、バットの先端をゆっくりと天に向けて掲げて見せた。

「あ、あれは……！」

「予告ホームランだ！」

「俺が先頭打者ホームランを豪快に放って終わらせてやるぜ！」と言いながら打者の部員は女性陣の方をチラチラと見やる。

「見ていてください！　俺の勇姿を！」

「あいつ、良いところを見せてモテようとしてやがる！」

「ふざけやがって！　彼女たちの黄色い声は俺のものだ！」

「マネージャーの皆さん！　俺が！　俺が打ちますから！」

普段は男だらけで異性に飢えているのだろうか。

部員たちは皆、こぞって女性陣にアピールをしていた。

「……というか、もうマネージャー呼ばわりされてるし」

「ほんと、男子ってバカだよね」とアカネさんが苦笑を浮かべる。「まあでも、バカな奴《やつ》はそんなに嫌いじゃないけどさ」

「おっしゃ！　初球を仕留めてやるぜ！」

雄叫《おたけ》びを上げるお調子者の部員。

余裕たっぷりにバットを構えた次の瞬間——投じられたボールはキャッチャーの構えたミットの中に収まっていた。

「……ん？」

きょとんとした顔になる部員。

キャッチャーをしていた部員は予想以上の球威にもんどり打ち、その背後にいた審判役の監督は明らかに面食らっていた。

「審判！　コールを頼む！」

「——っ！　す、ストライク！」

イブキさんに促され、我に返った監督がコールをする。

「な、なんだ今の球」

「めちゃくちゃ速くなかったか？」

先ほどまではへらへらと談笑していた部員たちは、今の一球を目の当たりにして、明らかに動揺していた。

イブキさんは大きく振りかぶると、二球目を投じた。鞭《むち》のようにしなる右腕から、白線を引くようにボールがミットに収まる。

ズバァァァン！

グラウンドに乾いた音が響き渡る。

部員たちはそれを見て驚いているようだった。

「へえ、女子にしては中々良い球投げるじゃねえか」

と打者が不敵な笑みを浮かべる。

「けど、俺たちを抑えるには球威が足りないな」

イブキさんは泰然とした様子で、再び振りかぶった。

左足を大きく上げると、打者の方に勢いよく踏み込む。

グラブを持った左手を胸元に巻きこみながら、ボールを持った右腕を振るう。全身の力を集約させた指先から放たれた一球。

それは打者がバットを振るよりも速く、ミットに収まっていた。

「ストライク！　バッターアウト！」

審判のコールが三振を告げる。

打者は最後の一球――バットを振ることすらできなかった。イブキさんの投じたボールの勢いに気圧《けお》されてしまったのだ。

「に、二球目よりずっと速《は》えぇじゃねえか！」

「ウォーミングアップをしていなかったからな」

とイブキさんは答えた。

「ようやく少し肩が温まってきたところだ」

「はあ!?　一球も投げずにこの球威だとお!?」

狼狽《ろうばい》した声を上げる打者。

「それって驚くようなことなんですか?」

と僕は近くにいた部員の人に尋ねる。

「普通はウォーミングアップをして、身体を温めてから投げるもんだ。じゃないと半分の力も出せないからな」

「ってことは……」

「まだまだ球速は上がっていくってことだ」

その言葉は正しかった。

一人目の打者を三振に打ち取ったのを皮切りに、二人目、三人目の打者と進む中で更に球威が増していった。

残り二人になっても、誰もヒットを打てない。それどころかボールを前に飛ばすことすらできないでいた。

端から見ていてもイブキさんの投げるボールは尋常じゃなく速かった。すらりと伸びた腕から放たれる球は、生き物みたいに獰猛《どうもう》に躍動していた。まるで打者を食い殺さんばかりの勢いがあった。

マウンドに立つイブキさんには威圧感があった。普段の気さくさは、こと真剣勝負の場においてはすっかりなりを潜めていた。

迂闊《うかつ》に近づこうものなら、肌が切り裂かれてしまいそうだ。

真剣な表情を浮かべたイブキさんは、凛《りん》として格好良かった。

思わず、見惚《みほ》れてしまうくらいに。

だからこそ、僕はそれを撮り逃さないようにしようと思った。

カメラ越しに映る彼女の勇姿を。

いつの間にやら、周りには騒ぎを聞きつけた生徒たちが野次馬として集まっていた。

イブキさんの好投を見て盛り上がり、声援を飛ばしている。

このままいけば、完全試合もあり得る。

それもただ凡退するだけじゃなく、全員が三振に切って取られる。そうなれば野球部の面目は丸潰れになってしまう。

部員たちは今や必死になって声援を飛ばしていた。

「楠木《くすのき》！　まずはバットに当てろ！」

「くっ……！」

もはや、なりふり構っていられる余裕はないのだろう。

打者は屈辱の面持ちと共に、構えたバットを短く持った。

そうすれば、速い球に対しても遅れを取ることなくスイングできる。

だが、イブキさんはここに来て絶好調になっていた。肩がすっかり温まり、放たれる球はますます球威を増している。

　ズバァァン！

　打者の振ったバットより先に、ボールがミットに突き刺さった。

「ストライク！　アウト！」

　審判がそう宣告すると、いよいよ観客たちは盛り上がった。

　あと一人。

　あと一人で完全試合が達成されるからだ。

　甲子園にも届きうるほどの強豪の野球部——そのレギュラーメンバーが素人の女子生徒に完膚なきまでに抑えられてしまう。

　それは大きな話題になるはずだ。

　動画として公開すれば、校内の生徒たちだけでなく、より多くの人たちに見て貰《もら》うことができるかもしれない。

　だけど、それにはまだあと一人残っている。

「等々力《とどろき》！　頼む！」

「お前ならきっと打てるはずだ！」

　部員たちの熱い声援に背中を押されて姿を現した打者。他の者たちと比べても、明らかに体格ががっちりしていた。

　腕は丸太のように太く、筋肉の鎧《よろい》を纏《まと》っている。

——あれはさっき僕をロックオンしてきた……。

「何か有名らしいよ、あの人」

と隣に立っていたアカネさんが言った。

「そうなんですか？」

「ええ！　等々力くんは一年生から不動の四番を務めていて、プロのスカウトも注目するほどのスラッガーよ！」

アズミさんがそう教えてくれる。

「そんな凄《すご》い人なんですか!?」

「あたしの目から見ても、彼の才能は凄《すさ》まじいものがあるわ！　纏っているオーラの量が半端じゃないもの！」

「さすがのイブキさんも打たれちゃうんじゃ」

「だけど、イブキさんもオーラの量では負けていないわ！　この勝負、どちらが勝ってもおかしくないわね！」

バトル漫画の解説みたいに熱っぽく語るアズミさん。

その時だった。

カキィィイン！

グラウンドに高らかな金属音が響き渡った。

イブキさんの投じた初球――インコース高めに投げ込まれた難しい球を、等々力さんが勢いよく振り抜いたのだ。

放物線を描いた打球は、ぐんぐんと飛距離を伸ばし――グラウンドの柵を越えると場外へと消えていった。

「ファウルボール！」

審判がそう宣言すると、部員たちの間から落胆の声が上がった。

等々力さんの放った打球はあわやホームランかと思われたが――そのままレフト方向に流れていってしまった。

部員たちとは打って変わって、僕たちは安堵《あんど》の息を吐いていた。

危なかった……！

もうちょっとでホームランになるところだった……！

さすがプロのスカウトに注目されている打者だ。

他の部員の人たちは誰一人バットに当てることすらできなかったのに、初球から完璧に合わせることができるなんて！

「思ってたよりボールが遅かったな」と等々力さんが呟《つぶや》いた。「その分だけ、打球が左側に切れていっちまった」

「…………っ!?」

イブキさんのボールを遅く感じていた!?

「だが、今の一球でタイミングは分かった。次は仕留める」

そう自信満々に呟くと、悠々とバットを構える等々力さん。

次はもう打たれちゃうんじゃないか……？

今の超特大のファウルによって、心が乱されていなければいいけど……。

心配になった僕はイブキさんの方を見やる。

だけど、杞憂《きゆう》だった。

イブキさんはマウンドの上で笑っていた。

生きるか死ぬかの真剣勝負――それが楽しくて仕方がないというふうに。

もし打たれたら、自分も雑用係として従事しないといけないのに。今、目の前の対決を心から楽しんでいるように見える。

……やっぱりイブキさんはアスリートなんだ。

大きく振りかぶったイブキさんは、二球目を投じた。勢いよく放たれたそれは、打者の胸元を抉《えぐ》るように迫る。

「一球目と全く同じコース！　貰った！」

にやりと笑いながら、構えたバットを振り出した等々力さん。だけど、捉えたボールは真後ろのフェンスに当たった。

「ファウルボール！」

「なんだと……!?」

確かに捉えたはずのボール——しかしそれはホームランにならなかった。むしろさっきよりも当たりは悪くなっている。

「ここに来て更に球威が上がってるのか……!?」

等々力さんの目から余裕が消えた。

そしてイブキさんの投げた三球目、そして四球目の際どいコースを見逃す。

そして五球目と六球目をファウルにして凌いだ。

それはアジャストしつつあるというよりは、等々力さんがどうにか必死に食らいついているかのような印象を受けた。

イブキさんは外角の低めに七球目を投じた。

ギリギリの際どいコース。

等々力さんは手を出せずに見逃してしまう。

「ボール！　フルカウント！」

審判のコールに部員たちから歓声が上がった。

ツーストライク・スリーボール。

次にボール球を投げてしまえば、四球になってしまう。そうなれば打たれずして自動的にイブキさんの敗北が決定する。

こうなったら際どいコースには投げづらくなる。

追い詰めていたはずが一転、追い詰められる形となった。

「よっしゃ！　行ったれ等々力！」

「お前のバットで息の根を止めてやれ！」

形勢が逆転したことにより、部員たちは活気づいていた。

声援は巨大なうねりとなり、マウンド上のイブキさんを飲み込もうとする。

背水の陣――。

けれど、イブキさんの表情には不安や恐れはない。それどころかもはや打者すらも目に入っていないようだった。

僕には分かった。

イブキさんは最高の球を投げることしか考えていない。

イブキさんはゆっくりと、余裕すら感じさせるように振りかぶった。

「……!?」

その悠然とした態度に、打者の等々力さんは不気味さを覚えたのだろう。振り払うためにバットのグリップを強く握り直す。

大きく振りかぶったイブキさんは、上げた左足で踏み込む。そのまま打者の方に飛んでいきそうなほどの勢い。

左手のグラブを胸元に巻き込み、その勢いで右腕が遅れて出てくる。

全身の力を余すことなく指先に集中させ、歯を食いしばりながら投じた一球――それは

打者の方に迫っていった。

「これは……!?」

その一球を前にした瞬間、等々力さんの目が見開かれた。

それはとんでもない球威だったからでも、打つか打たないか迷うような、際どいコースに向かってきていたからでもない。

むしろ逆だった。

イブキさんの投げた球はど真ん中に向かっていた。

打者からするとまさに絶好球。

これほどまでに打ちやすいコースはない。

「追い込まれたことで、とうとう日和《ひよ》ったか！」

等々力さんはほくそ笑んだ。

「ここで際どいコースに投げ込んできたら褒めてやったものを！　四球を恐れてど真ん中に投げるとは笑止千万！　今回は俺の粘り勝ちだ！」

左足を前に踏み込む。

そして構えたバットを始動させた。

タイミングは完璧。

「捉えた！　これで終わりだ！」

ど真ん中の球に対して、バットの軌道もタイミングも寸分の狂いもない。

等々力さんの振ったバットはイブキさんの投じた球を見事に捉え、その球は大きく弧を描きながら場外へと消えていった——。

——はずだった。

けれど、そうはならなかった。

等々力さんの振ったバットは、ボールを捉えることなく空を切っていた。

「なっ……!?」

等々力さんは信じられないという表情をして呟いた。

「ふ、フォークボールだと……!?」

フォークボール。

それは球を人差し指と中指で挟み込むように持ち、抜くように投げることで、打者の手元で大きく沈み込む球種。

等々力さんの振ったバットは、ど真ん中の球を捉えたはずだった。けれど、捉える寸前に球がバットを掻《か》い潜《くぐ》って沈んだ。

「す、ストライク！　バッターアウト！」

尻餅をついた等々力さんを尻目に、審判がコールする。

これでレギュラーメンバー全員が打ち取られた。

その瞬間——。

晴れてイブキさんの勝利が確定したのだった。

「とんでもないお化けフォークだったぜ」

等々力さんがイブキさんに声を掛ける。

「まさかこんな切り札を最後まで伏せていたとはな」

「いや、別にそういうわけではないのだが」

「え？」

「真っ直《ます》ぐだけで抑えるのは難しそうだったからな。単なる思いつきでフォークボールを投げてみただけだ」

「あの場面で投げたこともないフォークボールを⁉　もしボールになってしまえば、即負けが決まってしまうんだぞ⁉」

「まあ、何とかなるだろうと思ったからな」

「……何という思い切りの良さだ。いや、それだけじゃない。付け焼き刃であのレベルのフォークボールを投げられる身体能力の高さ」

等々力さんは啞然《あぜん》としていたが、やがてふっと微笑《ほほえ》みを浮かべた。その大きな手のひらをイブキさんに向かって差し出した。

「完敗だ。俺たち全員、してやられたよ」

「お前たちも良い打者揃《ぞろ》いだった」

イブキさんは差し出された手を取り、二人は互いの健闘を称《たた》え合っていた。野次馬の生徒たちからは大きな歓声と拍手が起こった。

「凄《すご》いなあ。イブキさん、本当に抑えちゃいましたよ」

興奮した僕は、思わずそう呟いていた。

「いやー。これであたしらの首の皮も繋《つな》がったね」とアカネさんが笑う。「危うく夏休みがおしゃかになるところだった」

「私はユウトくんといっしょならやぶさかではありませんでしたが」

「良かった良かった」

「ブラボー！」

戻ってきたイブキさんを、アズミさんがハリウッドの監督なみの拍手で労《ねぎら》う。

「素晴らしいピッチングだったわ！　やはりあたしの見る目は正しかった！　これで動画もバズること間違いなしよ！」

「皆がお膳立てしてくれたおかげだ。感謝するぞ」

イブキさんは殊勝なコメントをする。

と、そこで僕の視線に気づいたようだ。

「……む。どうしたユウト。こっちをじっと見て」

「いや、その、何というか」

と僕はたどたどしい口調で言った。

「イブキさんって本当は凄い人だったんだなって」

後輩にお風呂を借りるために躊躇《ちゆうちよ》なく土下座するだけのダメ人間じゃなかった。抜群に運動のできる格好の良いダメ人間だった。

「ふふ。照れてしまうな」

イブキさんは鼻の下を掻くと、

「だが、もっと褒めてくれていいぞ！」

「普通、そこは遠慮するものでは？」

カナデさんが呆《あき》れたように言う。

「いいや！　まだ足りない！　私は褒め言葉に飢えているからな！　お腹《なか》いっぱいになるまでおかわりを要求するぞ！」

イブキさんは承認欲求を爆発させていた。

僕がその後も、

「凄かったです！」

「格好良かったです！」

と声を掛けると、イブキさんの鼻の下はぐんぐんと伸びていった。その表情はお腹いっぱいになった時以上に満足そうだった。

「けど、バズったら今の比じゃないくらい褒められるんじゃない？」

アカネさんが言った。

「い、今以上に!?」

「あたしがピックトークンでバズった時とかも凄かったよ」

「そうなったら常時顔が赤くなってしまうなあ」と困ったように言いつつも、イブキさんはまんざらでもなさそうだった。

「最高の素材が揃《そろ》ったわ！　あとは編集するだけね！」

アズミさんはそう言うと、僕の肩に手を置いた。

「ユウトくん！　よろしく！」

「え？　僕ですか？」

「素材を生かすも殺すも編集次第よ！　動画がバズるかどうかは、ユウトくんの編集の腕に掛かっているから！」

「めちゃくちゃプレッシャー掛けてきた！」

僕はイブキさんみたくプレッシャーをはね除《の》けられるほど強くない。普通にペシャンコに押し潰されてしまいそうだ。


ともあれ編集をすることになった僕。

イブキさんがあれだけ頑張って、最高の結果を残したんだ。

その格好良さを余すことなく伝えられるようにしないと。

その日の夜から編集に取りかかった。

アズミさんから借りたノートパソコンを使い、撮った映像にテロップを入れたり、余計な部分をカットしたりしていく。

「これめちゃくちゃ大変だなあ」

実際にやってみると分かる。

編集は多大な労力がかかるということに。

一分の映像にテロップを入れるだけでも一時間くらい掛かる。

イブキさんの動画は三十分くらいの尺だから、単純に計算して、テロップを入れるだけでも三十時間は掛かってしまう。

他にもテンポの悪くなる箇所をカットしたり、見やすくするための演出を入れたら時間がいくらあっても足りない。

僕は毎日夜遅くまで映像編集と向き合っていた。その間も、姉の友人たちは頻繁に僕の部屋に出入りしていた。

「お、今日もやってるやってる」

金曜日の夜の八時頃。

アカネさんが僕の家へとやってきた。

「精が出るねー。はい、差し入れ」

「アカネさん、ありがとうございます」

僕は差し出されたエナジー系の飲料を受け取る。早速プルタブを開けると、ぐいぐいと中身を一気にあおった。

「美味しいです」

と僕は言った。

「何というか、命を前借りしてる感じがします」

「不安を煽《あお》るような食レポやめい」

「バイト終わりに寄ってくれたんですか？」

「まあね」

じゃあこのエナジー系の飲料もバイト先のコンビニで買ってきたものだろう。レジ袋がうちのお店のものだったし。

「ほんとはちょっと様子を覗《のぞ》いて帰るつもりだったけど」

とアカネさんは言った。「家に来たら気が変わったかな」

「え？」

「一ノ瀬《いちのせ》さんがいるのはまだ分かるよ。部屋が隣だし。けど、なんで白瀬《しらせ》さんがこの時間にここにいるわけ？」

アカネさんの不満そうな視線の先――。

台所には、裸エプロン姿のカナデさんがいた。

「ユウトくんは連日、動画編集に精を出していますから。出した分の精が付くように夜食を作ってあげにきました」

そうなのだった。

カナデさんは僕が編集に集中できるようにとご飯を作ってくれていた。いやまあ、普段と変わらない気がするけど。

精が付くのは確かだ。

「それより赤坂《あかさか》さん、外から帰ってきたのならシャワーを浴びてください。外の汚れを家の中に持ち込むのは禁止です」

カナデさんは言った。

「ユウトくんの身体《からだ》に障ります」

「過保護すぎるでしょ」

そう言うと、アカネさんはにやりと邪悪な笑みを浮かべ、

「そういうのを気にしすぎたら、却《かえ》って軟弱になっちゃうよ。どれ、免疫をつけるためにあたしが協力してあげよう」

「うわあ!?」

いきなり後ろからアカネさんに抱きつかれる。

すりすりと頬ずりされた。

「アカネさん!?　何するんですか？」

「んふふ。求愛行動♪」

アカネさんは楽しそうに声を弾ませる。

「それにあんまり潔癖にしてたら、ユウトくんの免疫が落ちるかもだから。アカネ菌を移してあげようと思って」

「いやアカネ菌って！　小学生がふざけた時に言うやつ！」

　小学生の男子が『あいつに触ったら、〇〇菌が移るぞー！』と言って、鬼ごっこ状態に突入する時のノリだ。

「ユウトくんのほっぺた、気持ちいい〜」

　アカネさんは僕の頬の感触が気に入ったらしい。

　ぎゅっと抱きついた状態のまま、頬をすり合わせていた。

　アカネさんの肌、すべすべだし、髪の良い匂いがする……！　しかも背中には思い切り胸が当たっちゃってるし……！

　こんなの編集どころじゃない……！

「……赤坂さん、今すぐ離れてください」

「おーこわ」

　振り返ったアカネさんは、黒いオーラを発するカナデさんの姿を見て、おどけたように大げさに怖がってみせた。

　アカネさんが退散すると、カナデさんが僕に言った。

「ユウトくんに付着したアカネ菌は、私が責任を持って除菌します」

「はあ。──って、え？」

「では、失礼します」

　カナデさんはこほんと照れを隠すように咳払《せきばら》いをすると、僕をぎゅっと抱きしめ、僕の頬に自分の頬をくっつけてきた。

「ええっ!?」

今度はカナデさんが頬ずりしてきた！

もしかして、アカネさんの付着させたアカネ菌を、カナデさんは頬ずりすることで拭い取ろうとしているのだろうか？

そう思ってカナデさんをちらりと見やると、

「……きゅん」

天にも昇るかというような恍惚《こうこつ》とした表情を浮かべていた。

「単に自分もしたかっただけでしょ」

アカネさんが呆れたように言った。

「楽しそうだな！　私も混ぜて欲しい！」

するとイブキさんがやってきて、犬のように僕に抱きついてきた。カナデさんとは反対側の頬に頬ずりをしてきた。

「おお！　本当だ！　これはいいな！　もちもちだ！」

「ユウトくん、モテモテだねえー」

からかってくるアカネさん。

「僕がモテてるんじゃなくて、ほっぺたがモテてるんだと思いますけど」身体の一部分に負けてしまう本体とはいったい……。

「というか、編集に集中できないですから！」

「あはは。ごめんごめん」

アカネさんは笑いながら言うと、

「編集の方はどんな感じ？」

「一応、テロップをつけたり余分なところをカットしてひな形はできたんですけど。何か物足りない感じがしてて」

取り敢《あ》えず形にはなりつつある。

だけど、もっとできることがあるような気がする。

何かが足りないような気がする。

でもそれが何かは分からない。

僕はもやもやとした気持ちを抱え続けていた。

イブキさんは演者として、文句なしに最高の仕事をしてくれた。なら僕はそれを十二分に伝えられるようにしたい。

「ふーん。良い感じにできてると思うけど」

アカネさんは僕の編集した動画を再生しながらそう言ってくれた。ふむ、と細い顎に手を当てながら思考した後、彼女はふと言った。

「じゃあさ、カウントを表示してみれば？」

「カウントですか？」

オーバーラップ文庫&ノベルス NEWS

2209 B/N

「そう。画面の右下にさ、今のストライクとボールのカウントを表示する。高校野球とかプロ野球の中継でよくあるじゃん」

そういえば、と思い出した。

僕の父親はプロ野球中継を見るのが好きで、僕も見たことがあるけど、確かにカウントの表示がされていた気がする。

「その方が見やすいし、面白くない？」

「確かに……！」

編集中の動画に頭の中でカウント表示をしてみる。

すると、一気に画面全体に華が出た。単なるホームビデオから、面白いアイチューブの動画に印象が変わった。

これならイケる気がする……！

「アカネさん。ありがとうございます！」

欠けていたパズルのピースがカチッと嵌《は》まったような感覚。それに突き動かされ、僕は停滞していた編集を再開させた。

頭の中に思い描いた理想像に近づけるために手を動かす。

アカネさんたちは当然のように僕の部屋に泊まっていくことになり、彼女たちが眠りについた後も僕は作業を続けた。

眠気はあったけど、熱があるうちに一気呵成《いっきかせい》に仕上げてしまいたかった。寝たらそれが失われるのではとの怖さがあった。

そして部屋に朝の日差しが差し込む頃――。

「よしできた！」

ようやく完成させることができた。

確かな手応えがあった。

けれど、徹夜で仕上げた高揚感からそう思い込んでいるだけかもしれない。

自分の評価と他人の評価は必ずしも一致しない。

そんなことは、僕くらいの年齢になると経験則として知っている。

だからその日の昼間、アズミさんが家にやってきて、編集した動画をチェックして貰《もら》う時は不安を抱いていた。

こんなもの全然ダメだと一蹴されてしまうのではないかと。

編集を終えた動画を見終えたアズミさんはしばらく黙り込んでいた。その不気味な沈黙に僕が息を呑《の》んでいた時だった。

つう、と。

不意に、アズミさんの頬に透明な雫《しずく》が伝った。

「ええ!?」

いきなり涙を流したものだからびっくりした。

「泣くほどダメでしたか!?」

「そうではないわ。むしろ逆よ」

「え？」

「素材も素晴らしければ、編集も素晴らしかったわ。一ノ瀬さんの魅力を十二分に伝えることができていた」

アズミさんはしみじみと呟《つぶや》いた。

めっちゃ高評価だった！

「何より、あなたが一ノ瀬さんの良さを最大限伝えてあげようとしている――その愛情が編集から伝わってきたわ」

「ユウト……そんなふうに思ってくれていたのか」

とイブキさんは感激した様子。

「えへへ」

「……ユウトくんの愛情、羨ましいです」

カナデさんが嫉妬したようにイブキさんを見つめていた。

アズミさんは僕に言った。

「素晴らしい仕事をしたユウトくんには、一億アズミポイントを贈呈するわ！」

「一億ポイントって！　インフレが起こりすぎてる！」

と僕は思わず叫んだ。

「五ポイントでハグって言ってたのに！　じゃあ、一億ポイント溜《た》まったらいったい何が貰えるんですか？」

「あたしの月曜日と木曜日の人権をあげるわ」

「どういうこと!?　平日とは言え、大事にしてください！」

というか、そんなもの貰っても困るー　確実に持て余してしまう！　どういう使い方をすればいいのか検討もつかない。

「ふふ。遠慮しなくてもいいのに」

アズミさんはそう言うと、

「とにかく動画は完成したわ。これを公開すれば瞬く間にバズって、人気アイチューバーになることは間違いないわね」

「おおっ！」

「そうと決まれば善は急げ！　早速動画を公開しましょう！」

僕はアズミさんに言われた通り、アイチューブに動画をアップロードする。そして用意していたタイトルとサムネイルを設定した。

あとは投稿ボタンをクリックするだけ。

そうすれば、全世界にイブキさんの動画が公開される。

何かが決定的に変わるかもしれない。

その予感に胸の内側がドキドキと高鳴った。

僕は汗の滲《にじ》んだ人差し指で、投稿ボタンをクリックする。

それを確認したアズミさんは、勝ち誇ったように宣言した。

「あたしたちの伝説は今、この瞬間に幕を開けたわ！」


——そして動画を投稿して一週間が経過した。

金曜日の放課後。

今日はバイトが休みだったので、学校が終わると家に直帰する。

玄関に鍵が掛かっていなかったのでもしやと思ったら、リビングのソファにはスナック菓子を食べるアカネさんの姿。

「あ、おかえりー」

「いや、家主の僕より先にいるってどういうことですか……」

「ユウトくんの部屋は落ち着くねえ」

まるで実家のような安心感を漂わせながらくつろぐアカネさん。しばらくすると、今度はカナデさんがやってきた。

間を空けずにイブキさんも顔を見せる。

「というか、三人は同じ学校だし、放課後も直接ここに来てるんだし、皆で連れ立って僕の家に来ればいいんじゃ……」

わざわざバラバラで来なくとも。

「いやまあ、あたしたちで揃《そろ》って来るっていうのも……ねえ？」

アカネさんはちらりとカナデさんとイブキさんを見やる。

「小っ恥ずかしいというか何というか」

「そもそも私は赤坂《あかさか》さんと仲が良いわけでもありませんし」

「微妙な距離感だなあ」

アカネさんとカナデさんは毎日のように僕の部屋に入り浸っているにも拘《かか》わらず、両者の折り合いは良くない。

「私はここにいる全員、友達だと思っているぞ！」

イブキさんだけが皆と友好的だった。

「そういえば、如月《きさらぎ》さんの姿が見えないようだが」とイブキさんが言った。「今日は次の動画の企画会議の日だろう」

次に投稿する動画の企画を、僕の部屋で話し合って決めることになっていた。

一本投稿しただけで満足してはいけない。

アイチューバーとして活動していくつもりなら、継続的に投稿しないと――アズミさんはそう熱弁を振るっていた。

「けど、この前に出した動画、今のところは反応ないねえ」

「そうなのか？」

「今朝も見たけど、再生数五しか回ってなかったよ」

とアカネさんは言った。

動画を公開してから一週間——。

再生数は未《いま》だにたったの五回だった。

動画がバズって人気アイチューバーへの道を駆け上がる——僕たちが抱いていた理想はあっさりと打ち砕かれた。

「しかも、そのうちの二回は投稿してからあたしたちで確認したものだから。再生されたのは実質三回だけだね」

「僕も一人の時に一回見ました」

「じゃあ、実質二回じゃん」

「私も家にいる時に見ました。ユウトくんが撮って編集した映像、そこからユウトくんの息吹を感じるために」

「うわ。とうとう一回に減った」とアカネさんは呟いた。「これ下手すると、最後の一回は如月さんの可能性もあるね」

「僕たち以外は誰も見てないってことですか？」

「そうなりますわな」

「まるでホームビデオですね」

とカナデさんが言った。

「ま、そう甘くはないってことだあね」

アカネさんが小さく笑いながら言った。

僕たちの間に消沈ムードが漂った。

幼い子供ならまだしも、高校生にもなると夢と現実の区別くらい付くようになる。過度な期待は抱かないようになる。

だけど、少しは期待していたのは事実だ。

それが裏切られたのなら少なからずダメージは負う。皆が頑張って、良いものを作れたと思っていたからこそ余計に。

「しかし、私たち以外の見知らぬ誰かが一人でも見てくれたというのなら、それはとても夢のある話ではないか」

「イブキさん、ポジティブだなあ」

「まさにアスリート向きですね」

「それに如月さんは絶対にこの動画はバズると言っていたからな。ならば私は彼女の言葉を信じるだけだ」

そうだった。

目利きのアズミさんは今回の動画に太鼓判を押していた。必ずバズって、伝説の幕開けになるとまで言っていた。

その時、玄関の扉を開く音がした。

アズミさんがやってきたみたいだ。

きっとアズミさんは再生数が回っていないことを知っても、凹《へこ》んだりしない。自分の目に揺るぎない自信を持っているから。

だから僕たちを鼓舞し、導いてくれるに違いない――。

「あれ？」

けれど、部屋に入ってきたアズミさんは様子がおかしかった。

いつもはずんずんと足を鳴らし、胸を張り、肩で風を切りながら歩いてくるのに、今日は猫背になりながら歩いてきた。

目の下には隈《くま》ができ、親指の爪を噛《か》んでいる。

「おかしい……こんなはずでは……」

「アズミさん？」

「再生数がまだ五回しか回っていないなんて……！　想定外だわ……！　本当ならすでに百万再生を超えているはずなのに……！」

「あれええ⁉」

アズミさん、めちゃくちゃ動揺してる！

僕たちの誰よりも動揺してる！

それにちょっと見積もりが甘すぎないか⁉

「ありえないわ……あたしの目に狂いが生じるなんて……！　気づかないうちにあたしの目は節穴になっていた……⁉」

「アズミさん？」

「こんなものを抱えて生きていくくらいならいっそ潰して――」

「うわあ！　何しようとしてるんですか！　ダメですよ！　早まらないでください！」

「節穴になった目を抱えていても、生き恥をさらすだけだもの！　さあ！　あたしの眼窩《がんか》に熱した鉛を注ぎこみなさい！」

「怖いこと言わないでください！」

「ふふ……！　ならせめてタイムスリップさせて欲しいわ。過去の大言壮語を吐いていた自分を今すぐ殺しに行くから」

「ダメだ！　完全に錯乱してしまってる！」

僕はアズミさんを前に唖然《あぜん》とした。

思ってた以上に精神的なダメージを受けてるみたいだ！

「アズミさん、意外とメンタル脆《もろ》かったんだ……」

「普段、自信満々に振る舞ってる人ほど、ポキリと折れたりするからねえ」

アカネさんがふっと笑みを浮かべ、自身を親指で差した。

「あたしみたいに何事にも諦観してるくらいの方が、案外丈夫だったりする」

「それはそれでもうちょっと前のめりになって欲しい気がしますけど」

「如月さんがこの状態では、会議はできそうにありませんね。とりあえず、皆さんの分のコーヒーを淹《い》れてきます」

カナデさんが部屋の隅で膝を抱えるアズミさんを見ながら言う。

うーん、確かに。

プロデューサーとして陣頭に立ってくれていたアズミさんを立ち直らせないと、会議を進めるのは難しそうだ。

「アズミさん、元気出してください」

僕は慰めるべく優しく声を掛けた。

「まだ一本撮っただけじゃないですか。これからですよ。前より良い企画を作って、今度こそバズりましょう！」

「ふふ……。そう言いながらも、心の中ではあたしを罵倒してるんでしょう？　見る目のない大言壮語の雌ブタ女と」

「被害妄想がすごいな!?」

全然そんなこと思ってない！

「あたしはあなたたちを煽《あお》り、期待させ、貴重な時間を浪費させてしまった。その償いは命を以てさせて貰《もら》うわ」

「重すぎますから！　というか、別にアズミさんに責任とかないですし！　乗ったのは僕たちなんですから！」

「うむ。私も全くユウトと同意見だ。むしろ私のために動いて貰えたこと、如月さんには心から感謝している」

イブキさんは言った。

「それに、たとえ再生数が振るわなくても、皆といっしょに動画を作ろうと頑張った時間は楽しかったからな！」

「い、一ノ瀬《いちのせ》さん……」

顔を上げたアズミさんは感激していた。

「イブキさん……」

僕は言った。

「でもこのままじゃ家賃払えないですよ」

「はっ！　しまった！　そうだった！」

イブキさんははっとしたように頭を抱えた。

「やはり人気も得られるようにしなければ！」

慌てふためきながら軌道修正を図ろうとするイブキさんの姿を見て、お茶目な人だなあと微笑《ほほえ》ましい気持ちになった。

「ん？」

その時、ソファに寝転がりながらスマホをいじっていたアカネさんが、喉の奥に小骨が詰まったような声を出した。

「これは……」

「どうしたんですか？」

「ほれ。見てみ」

アカネさんは僕たちに向かってスマホの画面を差し出してきた。

それはアイチューブのチャンネル管理画面だった。

投稿した動画の、過去四十八時間分の再生数を棒グラフで見ることができる。これまでは合計で五回しか再生されていなかった。

けれど——。

今は再生回数が三十回になっていた。

「再生数が増えてる……！」

過去の一時間の間に二十五回も再生されていた。

「これ僕たちが再生したわけでもないですよね」

「そりゃね。あたし以外の人はこの一時間、スマホ触ってないし」

つまり僕たち以外の人が見てくれたってことだ。

だけど、いきなりどうして？　何かきっかけでもあったのだろうか？　どこかで誰かが紹介してくれたとか？

「あれかな？　学校で友達に宣伝しといたから。それで見て貰えたとか」

アカネさんはクラスの友達に動画を宣伝してくれていたらしい。

「私も皆に見て欲しいと頼んだから、その成果かもしれないな」

イブキさんも同じく宣伝していたようだ。

ちなみに僕もそうしたかったけど、姉の友人たちとアイチューバーをしているとバレたら嫉妬されそうだから黙っていた。

再生数が増えたのは、学校の人たちが見てくれたからだろうか？

けれどどうにもそれだけではなさそうだった。

一時間後――。

「うわ。再生数が三百回を超えました」

「えっ!? 本当!?」

アズミさんがガバッと起き上がった。

「うわ！ びっくりした！」

「再生数伸びたの!? 見せてもらえる!?」

「ど、どうぞ」

食い気味に迫ってきたアズミさんに、僕はスマホの画面を差し出した。少しずつ、着実に伸びつつある再生数を見ると――。

「ほらあああああ！ やっぱりね!!」

アズミさんは喜び勇んでそう叫んだ。

「おかしいと思ってたのよ！ あたしたちの作った動画は、再生数たったの五回くらいで埋もれていいものじゃなかったもの！」

「は、はあ」

三百回を超えたとなると、アカネさんやイブキさんの友達だけが見てるってわけじゃな

さそうだ。それ以外にも広がっているのだろう。

「やはりあたしの目は節穴ではなかったわ！」

「調子良すぎない？　さっきはあんなに凹んでたのに」

アカネさんは苦笑する。

「手のひらの返し方が激しすぎて、手首ねじ切れるでしょ」

「でも、立ち直ってくれたのなら良かったです」と僕は言った。「いつものアズミさんの方が見ていて楽しいですし」

「うむ。そうだな」

「ですが、まだ再生数は千回にも達していません。今後伸びる保証もありませんし。喜ぶのは早計ではありませんか？」

「分かっていないわね、白瀬《しらせ》さん！」

アズミさんは疑問を呈したカナデさんをビシッと指さした。

「この動画は間違いなく面白いわ！　だからこそ、一度発見さえされてしまえば、その後はどんどん伸びていくはずよ！」

「そうなったらいいけどねえ」とアカネさんは言った。「でないと、また如月《きさらぎ》さんの情緒が崩壊しちゃいそうだし」

確かに。

アズミさんのためにも伸びて欲しい。

そんな願いが届いたのか、その後も動画の再生数は順調に伸び、日が暮れる頃には千回を超える再生数に到達した。

しかも伸びはまだまだ右肩上がりしそうな感じだ。

「恐らくこの調子なら来週中には一万回くらいは行くでしょうね。いいえ。もしかするとそれ以上かもしれないわ」

「おお……!?」

一万回再生——それはつまり、一万人の人たちに動画を見て貰えたってことだ。あまりの規模に想像もつかない。

アズミさんはふっと笑みを浮かべると、

「だけど、一本投稿しただけで満足していてはいけないわ！　継続的に面白い動画を投稿することが絶対だもの！」

そう強い口調で言い切り、皆を鼓舞した。

「さあ皆、早速企画会議をするわよ！　人気アイチューバーへの道はもう、あたしたちの目の前にまで迫っているわ！

今日は朝まで寝かすつもりはないからそのつもりで！」

「いつの間にか泊まりになってるし」

「私はユウトくんといっしょにいられるなら、何でも構いませんが」

僕たちはその日、夜遅くまで企画会議をした。

途中、カナデさんの作ってくれた夜食を食べたり、雑談に興じたりしながら、面白そうな企画を出すために頭をひねった。

そして日が変わる頃になると泥のように眠った。

「おいおい。朝まで寝かすつもりはないって言ってたけど、如月さん、誰よりも一番最初に寝落ちしてるじゃん」

アズミさんはいの一番にテーブルに突っ伏していた。安らかな寝息を立てながら、満足そうな表情を浮かべている。

僕たちはその様子を見て、苦笑した。

そしてお開きにして、寝ることに。

とても疲れたけど、皆で一つの目標に向かって頑張る時間は充実していて、文化祭の前のような高揚感があった。

たぶん、高校を卒業して大人になった後、振り返ったこの時間は、懐かしくて楽しい思い出に変わるのだろう。

100万人

# 第四章　転機



その後も動画再生回数は順調に伸び続けた。

週明けには千回を突破し、なおも勢いは収まらず、週の半ばになる頃には一日に一万回以上再生されるように。

気づいた時には五十万再生を超えていた。

登録者数は五万人を突破し、動画にはたくさんのコメントがついていた。

「おお……！　大勢の人たちから褒められているぞ！」

イブキさんは動画のコメント欄を眺めながら、嬉《うれ》しそうに呟《つぶや》いた。そこにはイブキさんに対する称賛のコメントが並んでいた。

「これは嬉しいな。やみつきになりそうだ」

「良かったですね」

コメントの大半はイブキさんの運動能力を称賛したものだった。

「お。ユウトくん、これ見てみ」

「え？」

アカネさんに促されて目にしたコメント欄。

そこには、

『演者も凄《すご》いけど、編集が秀逸！　見やすいし、面白い！』

と書かれていた。

「ユウトくんもちゃんと褒められてんじゃん」

「えへへ……」

僕の編集を褒めてくれてる人がいた！

裏方ではあるけど、一生懸命頑張ったら、見てくれる人はいるんだなあ。

再生数は伸び、登録者も増え、収益化するための条件も達成した。申請してから数日後に無事に承認された。

これで動画を再生されれば、お金が入ってくるようになった。

この流れに乗るためにも、僕たちは次々と動画を撮っていった。

バズったのは素人のイブキさんが野球部の生徒たちをやり込める企画。なので今度は他の運動部にもカチコミをかけることに。

サッカー部にバスケ部、テニス部にバレー部――。

その時には校内では野球部との対決が話題になっていたのと、アズミさんの全力土下座のおかげで対戦を受けてもらえることに。

イブキさんは野球部の時と同様、他の運動部にも打ち勝っていった。

男子相手でも全く引けを取らないどころか、むしろ圧倒する――。

その姿に女性の視聴者は憧れたらしい。

コメント欄にはイブキさんが格好良いという意見が溢《あふ》れた。

それに加えてイブキさんは美人ということもあり、汗を流しながら運動する姿は男性の視聴者たちの心を摑《つか》んだみたいだ。

男女両方の支持を得たイブキさんの動画は瞬く間に広がり、対戦企画の動画はいずれも五十万再生以上を叩《たた》き出した。

そして週末――。

皆はいつものように僕の部屋に集まっていた。

「今までに出した動画はいずれも五十万再生を突破し、最初に出した野球動画はとうとう百万再生に到達したわ！」

アズミさんは勝《か》ち鬨《どき》を上げるかのように宣言した。

「チャンネル登録者は十万人の大台に乗ったし、なおも伸び続けている！　登録者百万人になる日もそう遠くはないわね！」

「おおー」

僕たちは思わず拍手をしていた。

「これもひとえに一ノ瀬《いちのせ》さん、そして皆の協力があったからよ！　来月もこの勢いのまま突っ走りましょう！」

音頭を取るアズミさんに、僕たちも同調する。

「そういえば、収益ってどうなったの？」

とアカネさんが尋ねた。

「月末に集計だから、もう今月分は確定しているはずよ！」

「家賃が払えなければ、一ノ瀬さんは部屋を追い出されてしまいますから。ちゃんと確認しておいた方がいいのでは」

「単純にどれくらい稼げたのか気になるし」

「俗物ですね」

「いやいや。だいたいの人は皆、お金のこと大好きでしょ」とアカネさんは笑う。「大抵は片思いに終わるけど」

「私もとんと縁がないな」とイブキさんは腕組みしながら笑う。「特に英世と一葉と諭吉に振り向いてもらえない」

「お札全般にモテないのは生活が心配になるな」

「収益額を確認してみましょうか。チャンネルの管理画面にログインして、収益のところに表示されているわ」

アズミさんの指示の下、僕は手元のノートパソコンを使い、アイチューブのチャンネル管理画面にログインする。

「動画再生されてるし、結構な額になってるんじゃない？　ちなみにユウトくんはいくらくらいになってると予想する？」

アカネさんに尋ねられる。

「え？　そうですね十五万くらい？」

「そ、そんなにあったら何でもできてしまうな」

　イブキさんは十五万円という響きの前に恐れおののいていた。

「私は家賃分を払えれば大満足なのだが」

「いや、それだと足りなくない？　生活費がいるじゃん。食費とか」

「それは問題ない。ユウトがいるからな！」

「この人、家賃以外の生活費は全部僕で賄おうとしてる！」

　えげつない依存の仕方をしてる！

「まあまあ」とアカネさんが宥《なだ》めるように笑いかける。「ほら、言うじゃん？　人という字はお互いが支え合ってとか何とか」

「イブキさんが一方的に寄りかかってきてるんですが！　これだと人じゃなくてカタカナのイになっちゃいますよ！」

「いいじゃん。一ノ瀬イブキのイってことで」

「よくないですよ！　今絶対適当に喋《しゃべ》ってるでしょ!?」

　僕はそうツッコむと、ノートパソコンに向き直る。そしてチャンネル管理画面の収益額の項目をクリックした。

　すると、収益額のデータが表示される。

「………………え」

「どうだった？　予想は当たってた？」

「…………」

「あれ？　ユウトくん？　なんで黙ってるの？」

無言になった僕に、アカネさんが尋ねてくる。

「……じゅうまんでした」

「十万？　意外と少なかったね。もうちょっとあると思ってたけど」

「いや、そうじゃなくて」

と僕は言った。

「百五十万円でした」

「「は？」」

アカネさんだけじゃなく、アズミさんやカナデさん、イブキさんも皆揃《そろ》って同じような反応を返してきた。

目を丸くし、フリーズしている。

そして僕の肩越しにノートパソコンの画面を覗《のぞ》き込む。

そこには――。

『収益額　百五十三万三百四十五円』

と確かに表示されていた。

「…………マジ？」

そう呟いたアカネさんの表情は引きつっていた。

「動画を投稿するだけで、こんなにお金になるのですか」

カナデさんは純粋に驚いていた。

「ま、まあ、あたしたちの才能を考えれば、これくらいは当然のことよ！　全然動揺するようなことではないわ！」

「でもアズミさん、身体《からだ》が震えてますけど」

「これはあれよ！　シバリングよ！」

「シバリング？」

「トイレでおしっこした後、身体がぶるっと震えることがあるでしょう？　それよ！　断じてビビってるわけではないわ！」

「それだと今お漏らししてることになっちゃいますけど」と僕は言った。「その方が色々と問題あるのでは……？」

他にいくらでも言い訳の仕様はあると思った。

ベタだけど武者震いしてるとか。

「イブキさんは――あれ？　意外と冷静みたいだ」

イブキさんを見やると、彼女は沈黙していた。

「…………」

「あ、違った。気絶してるだけだこれ」

メデューサと目が合ったかのように、開眼したまま石化していた。

十五万円で恐れおののいていたイブキさんにとって、百五十万円以上の収益額は完全にキャパオーバーのようだった。

「こうなると収益の分配を考える必要がありそうね」

「収益の分配？」

「この百五十万──ひいては今後の動画の収益について。あたしたちの間でどういう配分をするのかを決めておかないと」

アズミさんは言った。

「お金の問題はセンシティブだから。ちゃんと取り決めておかないと、後々、争いの火種になりかねないもの」

「確かにね」

アカネさんが同意した。

「あたしがクラスの友達のピックトークンに出されてバズった時も、収益が出てたら絶対殴り合いになってたと思うし」

「揉《も》めるでは済まないんだ……」

「そりゃね。皆、お金のこと大好きだから。下手すれば死人が出る」

「ひぇえ」

「さあ！　お金の配分について決めましょう！　あたしはプロデューサーだから貰《もら》う権利はあるわよね？　よね？」

「ほら、ここにも取り憑《つ》かれたのが一人」

「アズミさん！　目がお金の形になってますよ！」

鼻息を荒くしながら、収益額の配分について議論しようとするアズミさんは、目がお金の形になってしまっていた。

「こういう時、だいたいは目が$《ドル》の形になるものだけど、如月《きさらぎ》さんはちゃんと円の形になってんだね」

「今、円安なのに？」

「それ関係ある？」

「いや、アズミさんがお金に取り憑かれてるのなら、今は円よりも$《ドル》にした方が得なんじゃないかと思って」

「ツッコむところそこじゃなくない？」

「それよりも百五十万の配分よ！　まずは一ノ瀬さん！　あなたはチャンネルの顔だから一番多く受け取る権利があるわ！」

「そうなのか？」

「当然よ！　あなたがいなければ、動画の企画は成り立たないもの！　あたしはきちんと演者を立てるPだから！」

　アズミさんはそう言うと、

「皆もそれでいいかしら？」

　僕たちにも伺いを立ててきた。

「もちろんです」

「元はと言えば、一ノ瀬さんの家賃を稼ぐために始めたことだしね」

「問題ありません」

　僕たちは一も二もなくそう同意した。

　イブキさんのために始めたことだし、イブキさんが一番の功労者だと思うから、多くの収益を受け取る権利があると思う。

「決まりね。一ノ瀬さん、あなた、いくら欲しい？　あたしが考えてるのは、取り敢《あ》えず五割くらいなのだけど」

「五割というと……」

「七十五万ね」

「な、七十五万!?」

　イブキさんは素っ頓狂な声をあげる。

「ええ。七十五万よ」

「い、いやそんなにはいらない！　家賃分の四万八千円でいい！　七十五万も貰ったら、色々とおかしくなってしまう！」

「いやいやいや！」

とアズミさんは言った。

「いくら何でも少なすぎよ！　それに家賃分だけだと生活費はどうするの!?」

「もちろん、ユウトに頼る」

「お金があってもそれは変わらないんだ!?」と僕は思わずツッコんでいた。「てっきり懐が潤ったら自活するのかと！」

「ダメよ。あなたにはもっと多く受け取る権利がある。というかユウトくんに頼り切りにならないためにも受け取りなさい」

「……む。では十五万円受け取ることにしよう。これでも私にとっては充分大金だ」

「……まあいいわ。じゃあ、一ノ瀬《いちのせ》さんの取り分は十五万円ということで。さて、残りのお金についてだけど」

アズミさんは僕たちの方を見やった。

「各々の配分をどうするかを会議しましょうか。本番はここから——血で血を洗う戦いの幕開けになるでしょうね」

場に不穏な空気が流れ始めた。

「言っておくけれど、あたしは引くつもりは一切ないわ。最終的には殴り合いになることも辞さない覚悟よ」

ファイティングポーズを取るアズミさん。

「最後にものを言うのは、言葉よりも暴力……！」

「めちゃくちゃ武闘派だ！」

威嚇するようにその場でシャドーボクシングを始めるアズミさんを尻目に、アカネさんがぽつりと呟《つぶや》いた。

「あたしは別にいらないけど」

「え？」

「取り分はなくてもいいってこと。そもそも企画会議で適当に喋ったくらいで、それ以外は特に何もしてないし」

「私も必要ありません」

追随するようにカナデさんも小さく挙手する。

「活動を通して、ユウトくんの傍《そば》にいられること――それが私にとっての、何よりの報酬になりますから」

「バカな！　ユウトくんの価値は百五十万の収益を上回るというの……!?」

「ええ。プライスレスです」

「ユウトくん、あなた、そんなに凄《すご》い存在だったのね……！」

「そう言われても自覚がないから困りますけど」

「僕またやっちゃいました？　的なことかしら」

「いやそういう感じじゃなくて！　別に僕は何も凄くないですし。カナデさんが一方的に価値を感じてるだけですから！」

というか、相変わらずカナデさんは重い！

「如月さんはプロデューサーとして、ユウトくんは編集として仕事したんだから。残りの収益は二人で分けなよ」

アカネさんがそう提案してきた。

「私もそれで構いません」

「……あなたたちがそこまで言うのなら」とアズミさんは頷《うなず》いた。「二人の想《おも》い、しかと受け取らせて貰うわ」

どうやら話はまとまったみたいだ。

こちらに向き直ると、

「さてと。ユウトくん。一ノ瀬さんの取り分を引いた残りの収益——それをかけてのデスマッチを始めましょうか」

「この人、前世がバーサーカーだったの!?」

「あたしは銭闘民族だもの！　自分の取り分を多くするためなら、時に拳を痛めることもやぶさかではないわ！」

再びファイティングポーズを取るアズミさん。

ええ……。

ここまで欲望を前面に押し出せるのはある意味すごい。

「あの、僕も別に取り分はなくていいですよ」

「え」

アズミさんは目を丸くした。

「でもユウトくん、あなたは編集を頑張ってくれたでしょう？　収益を受け取る資格は充分にあると思うけれど？」

「見返りが欲しくてしたわけじゃありませんから。イブキさんが家賃を払えたなら、取り敢えずはいいかなと」

編集を褒めて貰うこともできたし。

「それに皆でいっしょに活動するのが楽しかったから。収益の配分のせいでアズミさんと揉めるのは嫌ですし」

「…………」

唖然《あぜん》とした表情を浮かべるアズミさん。

「じゃあ、残りは全部、如月さんのものってことで」

「おめでとうございます」

アカネさんとカナデさんは拍手を送った。

「ちょちょっ！　ちょっと待ちなさいよ！」

慌てふためいたように止めに入るアズミさん。

「なに？　どったの？」

「この流れであたしが受け取ったら、超がつくほどの拝金主義者に映るじゃない！」

「そうじゃないの？」

「そうだけど！　それを自覚させられるのは嫌！　収益を受け取る時は、気持ちよく受け取りたいもの！」

「面倒くさいなあ」

「アズミさんの総取りでいいですよ」

「根こそぎ持っていってください」

「言葉遣い！　総取りとか根こそぎとか言うとがめつく聞こえるでしょ！」

「そうじゃないの？」

「がめついけど！　それを自覚させられながら貰うのは嫌！　あくまでも仕方なくという感じで貰いたいの！」

「じゃあもうムリじゃん」

「ええそうね！　こうなってしまった以上、受け取れないわ！　それはあたしのプライドが許さないから！」

「えー。そしたら余った収益はどうするわけ？」

「そうね……」

アズミさんはしばらく考えた後。

「じゃあ一ノ瀬さんの生活費の分を差し引いた収益はプールしておきましょう！　今後の活動のために使うことにするわ！」

結局、イブキさんの生活費を差し引いた分の収益は、各々の取り分じゃなくて、今後のために残しておくことに。

その方が揉《も》めないし良いかもしれないと思った。

「おお……！　凄いご馳走《ちそう》だ……！」

感嘆の息を吐いたイブキさんの眼前には、ご馳走が並んでいた。

特上のお寿司《すし》にピザ、それに大ぶりのチキン。

これらの料理は全て、アズミさんが出前で取り寄せたものだった。

「いいんですか？　こんなに贅沢《ぜいたく》して」

「せっかく皆、頑張ったんだもの！　プールしていても勿体《もったい》ないし、使える時にぱーっと使っちゃいましょう！」

「けど、まだ収益は入ってきてないのに良いんですか？」

「あたしが立て替えておくから大丈夫よ！」

アズミさんはグーサインを掲げた。

「さあ、宴《うたげ》を楽しみましょう！」

「如月さんは宵越しのお金は持たないタイプだね」

アカネさんが僕に耳打ちをしてきた。

「収益の管理は他の人に任せた方がいいと思うよ。いつの間にか全部何かに使い込んでたとかあり得そうだから」

「確かにそうですね」

その光景は容易に想像がついた。

ちゃんと管理しておかないと……。

後々とんでもない問題に発展しかねない。

「特上のお寿司など、食べるのは初めてだ」

イブキさんはごくりと喉を鳴らしながら、寿司桶《おけ》の中から中トロをひとつまみ。脂の乗ったそれを恐る恐る口にした。

「んんっ……!?」

その瞬間、こぼれんばかりに目を見開いた。

「んーっ！　んんっーー！　んーー！」

身振り手振りを使って何やら訴えかけてきていた。

「おお、めっちゃ感動してるっぽい」

「一ノ瀬さん！　その中トロの味を食レポしてみなさい！」

アズミさんの言葉に頷いたイブキさんは中トロを食べ終えると、お茶を飲み、言われた通りに食レポを開始した。

「これは何というか……凄く美味《おい》しかった！　例えるならばそうだな……まるで本物の中トロのような味だったぞ！」

「まるでっていうかそのものですけど」

「その感想はカニカマを食べた時に言うものでは……」

確かに。

カニカマを食べて、本物のカニみたいと例えるみたいな。中トロを中トロに例えるのはありのままを伝えてるだけだ。

「だが、とにかく美味しかった！　ひたすらに美味しかった！　私が今まで食べた寿司の中で一番美味しかった！」

「五十文字近く喋《しゃべ》ってるけど、美味しい以外の情報が何もない！　ふ菓子みたいに中身がスカスカな食レポだ！」

「ただ、美味しいってことはちゃんと伝わってくるけどね。一応、食レポの目的はちゃんと果たしてる気はする」

アカネさんがフォローの言葉を入れる。

「ところで一つ問題が生じているのだけど」

宴会のさなか、アズミさんがふと切り出した。

「問題ですか？」

「ええ。今までは一ノ瀬さんが運動部と対決する動画を作ってきた。けれど、もう手札が尽きてしまったわ」

アズミさんは言った。

「校内に存在する運動部とは一通り対戦してしまった。だからこれからは別の企画を考えなければならない」

「それ結構なピンチじゃん」とアカネさんが言った。「というか、今言うかね？　楽しい宴会の最中なのに」

「楽しい宴の途中に嫌な報告をすれば、相殺されるからよ」

されるかな？

「いずれにしても、一辺倒の企画では飽きられるのは時間の問題。ここらで別の方向性を探る必要があるわ」

アズミさんはそう言うと、

「あなたたちのアイデアを聞きたいわ」

僕たちに企画を募ってきた。

宴会の場が企画会議に変化する。

「バズった動画から考えると、やっぱり運動系じゃない？　一ノ瀬《いちのせ》さんが記録的なものに挑戦してみるとか」

アカネさんが意見を出した。

「グッドアイデアね！　ただ記録に挑戦する系は時間が掛かるから、その繋《つな》ぎになるような企画もあると助かるわ」

「ではトレーニング動画はどうでしょうか？」

カナデさんがそう口にする。

「一ノ瀬さんのトレーニング方法を見ることで、アスリートの方はもちろん、私のように運動神経がない人も興味を持つかと」

「なるほど！　それもグッドアイデアね！　一ノ瀬さんがレクチャーすれば、視聴者たちは見ること間違いなしよ！」

鼻息を荒くするアズミさん。

「それはちょっと難しいような気が……」

「というと？」

「この前、僕はイブキさんにトレーニングをつけて貰《もら》ったことがあるんですけど、教え方がかなり独特というか……」

イブキさんとは、ご飯とお風呂を提供する代わりに、僕にトレーニングを教えて貰うという契約を交わしていた。

なのでこの前、教えて貰うことになった。

イブキさんは『ドーンとして、バーンとやって、ズバババーンだ！』とひたすらに擬音語を連発するだけだった。

全然何も分からなかった。

「それはそれでウケそうな気はするわね。一ノ瀬さんのキャラクターを知って貰うためならアリかもしれない」

僕の話を聞いたアズミさんは前向きだった。

「他には何かないかしら？」

アズミさんは辺りに視線を巡らせる。

「ありがちですけど、大食い企画とか？」と僕が提案する。

「グッドアイデアね」

「あれ？　前は差別化できてない企画はダメって言ってなかった？」

「それはチャンネルが軌道に乗るまでの話ね。すでに人が集まっているから、定番の企画をしても見て貰えるわ」

「なるほどね」

アカネさんは冗談交じりに笑みを浮かべながら言う。

「いっそ、一ノ瀬さんがただ料理を食べてるところを撮るとかは？」

「それだとパンチが弱くありませんか？」

「けど、こんなに美味しそうに食べてるのを見たらこっちもお腹空《なかす》いてくるし。何か幸せな気持ちになれそうじゃない？」

僕たちはイブキさんを見やった。

イブキさんは幸せそうに出前の料理を頬張っていた。目を細め、頬に手をあて、今にもとろけそうな表情をしている。

食レポなんてしなくとも、美味しいんだなというのが伝わってくる。それにずっと見ていられるなあと思った。

「いいわね！　やってみる価値はあるわ！」

同じことを考えていたのか、アズミさんはそう言った。

「そういえば白瀬《しらせ》さん、あなたは料理研究部の部長だったわね。一ノ瀬さんが食べる料理を作って貰えないかしら？」

「ユウトくんに作るというのであれば喜んで引き受けますが、ユウトくん以外に料理を作るというのはちょっと」

「けれど、動画にするという名目があれば材料は全て経費で落ちるわよ？」

「…………っ」

「料理研究部の予算は雀《すずめ》の涙ほどでしょう？　どう？　好きな料理を好きなだけ作りたいと思わない？」

それはカナデさんにとって魅力的な口説き文句だったらしい。

表情に迷いが差していた。

「あたしはあなたの利益になると思ったからこそ言っているの。活動に参加する仲間には全員幸せになって欲しいから」

アズミさんはニヤリと笑った。

「悪い話ではないと思うけれど？」

「……分かりました」

カナデさんは陥落したようだった。

「あの、それなら僕も作っていいですか？」と恐る恐る申し出る。「自炊の練習ができたらなと思ってたので」

一人だと自炊するために食材を揃《そろ》えると、お金が掛かってしまう。

「もちろん！　各々の利益のためになるのなら」

アズミさんは快諾してくれた。

「一ノ瀬さんもそれでいいかしら？」

「うむ。私はご飯が食べられるだけで嬉《うれ》しいからな！　白瀬さんの作った料理もユウトの作った料理も楽しみだ！」

イブキさんは寿司の入った桶を空にしながらそう言った。ご飯を食べている時にもう次のご飯を待ち望んでいた。

校内の運動部とは軒並みもう対戦してしまったこともあり、これまでとは方向性の違う企画を色々と試してみることに。

イブキさんが色んな種目の記録に挑戦してみたり。

トレーニング動画を作ってみたり。

大食い企画をしてみたり。

一番最初の野球部の人たちとの対決動画ほどの伸びはなかったけれど、どれもそこそこの再生数を稼いでいた。

けれど何より意外だったのが――。

「まさかこの動画が伸びるとはねえ」

特に凝ったところもない、ただイブキさんがご飯を食べるだけの動画。それが予想外に伸びたから皆びっくりしていた。

「皆、あたしたちと同じことを思ったみたいね。一ノ瀬さんの食べる姿を見てると元気が貰えるというコメントが多いわ」

他にも癒やされるとか、見ているとお腹が空いてきたとか。

好意的なコメントで溢《あふ》れていた。

「それにもう一つ、嬉しい誤算もあったわ」

「嬉しい誤算？」

「ええ。これを見てみなさい」

「あ、カナデさんの作った料理が褒められてますね」

イブキさんが食べている料理はカナデさんが作ったものだ。

パエリアやビーフストロガノフ、自家製のローストビーフなど――普段作るには材料費が掛かるものが多かった。

視聴者たちは【料理おいしそう！】だったり【食べてみたい！】だったり料理に対してもコメントをしていた。

それに加えて――。

【料理を作った子も美人！】

【料理動画とか出して欲しい！】

というコメントも見られた。

これらはイブキさんではなく、カナデさんに向けられたものだ。

そう――。

動画にはカナデさんも出演していた。

作った料理を運んでくるカナデさんを、アズミさんがこっそりと撮っており、それを僕が編集したのだった。

ちなみに許可はとっていない。

アズミさんの指示で完全に無断だった。

「……いつの間に撮っていたのですか」

だから、カナデさんは今になってようやく自分の出演に気づいたようだ。

「そもそも何のために？」

「生産者表示は必要でしょう？」

アズミさんは悪びれた様子もない。

「けれど、あたしの目算通りだったわね！　白瀬さんには需要がある！　あなたには料理動画を出して欲しいの！」

「これは一ノ瀬さんのチャンネルですが」

「それなら問題ないわ。あなたは一ノ瀬さんの友達だし。グループアイチューバーの路線に舵《かじ》を切ることもできるはず」

　アズミさんは言った。

「あなたが出てくれたら、企画の幅も広がる。更に人気も出るはずよ！　だからこれからも出演して貰えるかしら」

「お断りします」

「どうして？」

「衆目に晒《さら》されるのは好きではありません」

　カナデさんは言った。

「だけど、視聴者たちはあなたの料理を喜んでくれている。自分の作った料理をもっと皆に見て貰いたいと思わない？」

「…………」

　迷った素振りを見せるカナデさん。皆に自分の料理を見て欲しい——その気持ちは持ち合わせているらしい。

「それにあなたが料理動画をあげれば、ユウトくんも喜ぶと思うけど」

「彼は自炊をしたいのでしょう？　あなたが料理動画を投稿すれば、料理をする時にいつでも参照することができる」

アズミさんは言った。

「そうなれば、ユウトくんも嬉しいわよね？」

「確かに助かるかもしれないです」

「分かりました。やりましょう」

「決断速っ！　さっきの問答は何だったの!?」

「他ならぬユウトくんのためになるのなら。私はいくらでも身を捧《ささ》げましょう」

カナデさんは言った。

「それに自炊をする度にユウトくんが私の料理動画を見るのなら、私たちは家にいながらも繋《つな》がることができます」

「うわあ。胃もたれしそうだ」

「白瀬さんの重いところを上手《うま》くくすぐるとは。如月《きさらぎ》さん、中々の策士だね」

アカネさんが感心したように言う。

アズミさんは今度はアカネさんを見やった。

「赤坂《あかさか》さんもどうかしら？　あなたは華もあるし、一度バズったこともある。きっと人気が出ると思うけれど」

「ユウトくんが？」

「んー。モブとして出演するくらいなら別にいいけど。あたし単独はパス。注目されるのはあんまり好きじゃないし」

「そう。まあそれでも構わないわ」

アズミさんは頷《うなず》いた。

「あなたたち三人が他愛のない雑談をするような動画も撮ってみたいわね」

「そんなの需要あるかね？」

「可愛《かわい》い女子高生たちがだらだらと雑談しているところを見たい──そう思っている人はいると思うけれど」

「それなら如月さんも出ればいいじゃん」

「いいえ。あたしは遠慮しておくわ」

「なんでよ」

「前も言ったけど。あたしは見る目はあっても、創造力はないの。カメラが回っていたら緊張して一言も喋《しゃべ》れなくなるわ」

「意外とメンタル豆腐なんだよねー」

「ともかく！　あなたたちが加われば、動画の企画の幅が広がるわ。グループとして更に盛り上げていきましょう！」

アズミさんは意気揚々とそう宣言する。

「うむ。二人が加わってくれれば、より楽しくなりそうだ」

イブキさんも異論がないというふうに頷いていた。

後日。

授業の合間の休み時間。

隣の席の高橋《たかはし》が声を掛けてきた。

「なあユウト。このチャンネル知ってるか？」

「どのチャンネル？」

「うちの学校の一ノ瀬《いちのせ》さんがやってるアイチューブだよ！　色んな運動部と対決する動画で話題になってただろ？」

「ああ、何かそうらしいね」

本当は知っていたし、何なら編集として関わっていたけれど、バレたら面倒な気がしたから知らないふりをした。

「高橋は見てるの？」

「もちろん！　知ってる人が出てるんだぜ？　そりゃ見るだろ。それにうちのバスケ部とも対戦したわけだし」

「そういえばそうだね」

高橋はバスケ部に所属していた。

「あの時は最高だったなあ。イキってて嫌いだった先輩連中を、一ノ瀬さんがたった一人で抜き去っていってよ」

「凄《すご》かったよね。五人対一人で勝っちゃってたし」

「対戦して以来、イキってた先輩たちもすっかり威厳をなくしちまってよ。一ノ瀬さんには感謝してもしきれねえ」

「誰かの役にも立ってたんだ」

「それで最近、一ノ瀬さんの友達も動画に出演してるんだけどよ」

「うん」

「あ、その中にはお前も知ってる赤坂さんも出てるんだぜ」

「そうなんだ」

「これがまたいいんだよ。皆で雑談しながらゲームしてるだけの動画とか。ずっと見ていられる魅力があるっていうか」

「へええ」

「目の保養になるし、俺もその輪の中に入った気持ちになれるんだよな」

「なるほど」

「女の子としてな」

「男じゃなくて、女の子目線なんだ」

「いやだって、普通に生きてたら、年上のお姉さんたちに囲まれて、きゃっきゃうふふとすることとなんてないだろ？」

「……そ、そうだね」

思わず目を逸《そ》らしてしまう。

毎日のように年上のお姉さんに囲まれているとは言えない。

「まあでも、高橋が思うほど良いものじゃないかもしれないよ？　からかわれたり、扱《こ》き使われたりすることも多いし」

「何言ってんだ。そんなもんご褒美じゃねえか」

「ご褒美なんだ」

「男ってのは兵隊アリだ。女王アリのために尽くしてナンボだぜ。俺はいつでもお姉様方の足を舐《な》める準備はできてる」

「一生準備だけで終わって欲しい」

「さっきの話に戻るけどよ」と高橋は話の筋を戻した。「一ノ瀬さんたちのチャンネルはマジでおすすめだぜ」

「見てみるよ」

「けど、まかり間違っても男とは絡んで欲しくねえなあ」

「というと？」

「いや女子だけだからいいわけであって。男とコラボしたり、メンバーに男が入ってきたりしたら萎えるだろ」

「そういうものなんだ」

視聴者の意見は参考になる。

「たとえばなんだけどさ」

「ん？」

「裏方に男がいた場合はどうなるの？」

「ダメに決まってんだろ。こういうのは男の影があること自体が御法度。バレたら大炎上が巻き起こるだろうな」

「へえー……」

「つーかユウト、そろそろ家に行かせてくれよ」

「え？」

「徹夜で桃鉄耐久しようって言ってただろ？」

「う、うん。そうだね。でも今はちょっと部屋が散らかってるというか、人を上げられるような状態じゃないというか」

「そんなの気にしねえって。俺の部屋なんかもっと散らかってるぜ？　ベッド以外に足の踏み場がないからな」

「実家暮らしでゴミ屋敷みたいな状態になることあるんだ。と、とにかく！　家に来るのはまた今度ってことで！」

そう言うと、強引に話を打ち切った。

高橋を家に呼ぶわけにはいかない。

僕の家には毎日のようにアカネさんたちが入り浸っているし、動画を見ているなら一発で撮影場所だとバレてしまう。

そうなれば――何もかもおしまいだ。

その後もチャンネルの運営は続いた。

一ノ瀬さんのスポーツ動画や大食い動画を始め、カナデさんの料理、皆で楽しくゲームをする動画など色々と取り組んだ。

週末には泊まり込みで動画の撮影をしたり、企画会議を開いたり――慌ただしくも充実した毎日を過ごしていた。

コンビニのバイトはなおも続けていた。

アズミさんにはチャンネルの収益があるからバイトを辞めて専念すればと勧められたけど、働くのはそう嫌いじゃなかったし、店長さんへの恩もある。

それにバイトを辞めてしまったら、金銭感覚がおかしくなりそうな気もした。

企画を考えるにあたって、世間と感覚がズレたらマズいと思う――そう告げるとアズミさんは納得してくれた。

「ユウトくんは真面目だねえ。あたしなら絶対辞めるけど」

「でもアカネさんも辞めてませんよね？」

「まああたしはチャンネルのお金に手をつける気はないから。自分の使うお金はちゃんと自分で稼がないとってね」

アカネさんは笑った。

「それにクラスの連中からいくら稼いでるのって聞かれるのウザいから。受け取ってないなら嫉妬も躱《かわ》せるし」

「なるほど」

アカネさんなりの処世術らしかった。

「――ん？」

「どうしたの？」

「何かチャンネルのアドレスにメールが届いてます」

僕が動画をアップロードするためにノートパソコンを立ち上げると、メールフォルダに一通のメールが届いていた。

そのアドレスはアイチューブのチャンネルを立ち上げる時に作ったもので、チャンネルを知ってる人しか送れない。

「どういうメールかしら」

「なになに……事務所所属のご提案について」

「事務所？」

「アイチューバーのマネジメントをしているところよ。俳優とか、お笑い芸人なんかは芸能事務所に入ってるでしょ？」

「あれのアイチューバー版ってこと？」

「イエス」

アズミさんは頷《うなず》いた。

「じゃあ、凄いんじゃないの？」

「そうでもないわ。どこぞの馬の骨でも事務所は作れるし。人気アイチューバーの収益に寄生しようとする零細は多いわ」

アズミさんは事情に詳しい。

「じゃあ迷惑メールってことか」

「まあ十中八九そうでしょうね」

とアズミさんは言った。

「ちなみにユウトくん、事務所の名前は書いてあるかしら？」

「ええと。アイチューバー事務所——アームズって書いてますけど」

「あ、アームズ!?」

周りにいた人たちの中、アズミさんだけが顔色を変えた。まるで有名人を街で見かけた時のようなリアクションだ。

「ユウトくん今、アームズって言った!?」

「言いましたけど」

「なに。有名なところなの？」

「有名も有名！　アームズと言えば国内の人気アイチューバーが多数所属する、超大手の事務所じゃない！」

「ふむ。そうなのか」

「名前は聞いたことあるような。確か日本で一番人気のアイチューバーもそこの事務所の所属だった気がする」

「私は初めて聞きました」

「リアクションうっす！　あなたたち、アイチューバーの端くれとしてアームズくらいは知ってないとダメよ!?」

「というか、まずそのメールは本物なわけ？　アームズの名前を騙《かた》って、あたしたちを騙《だま》そうとしてるんじゃ」

「それはないと思いますよ。メールに担当者の名前と事務所の住所も書いてますし」

「ならまあ、信用してもいいのか」

アカネさんはそう言うと、

「で？　事務所所属がどうとかって言ってたけど。何書いてたの？」

「はい。僕たちの動画を見て可能性を感してくれたらしくて。更に人気を出していくためのお手伝いをさせて欲しいって」

「なるほどねー」

僕たちは届いたメールの文面を改めて確認する。

そこには簡単な挨拶と僕たちのチャンネルを見た感想、更に伸びる可能性を感じたのでプロデュースのお手伝いをさせて欲しいという旨。

そのためにも、一度会って話をしたいということだった。

「事務所に所属したらどうなるのだ？」

「メールに書いてるように、手伝いをしてくれるんじゃない？」

「ですが、向こうもビジネスですし、無償でというわけにはいかないでしょう。当然対価は必要になるはずです」とカナデさん。

「そういえば、聞いたことあるな。アイチューバーが事務所に所属したら、収益の何割かを持っていかれるって」

「今調べたら、二割くらいみたいですよ」

「それだと損することになるんじゃないの？」

「現状でも充分にやっていけている以上、あえて事務所に所属することのメリットがあるかを考えると」

「だけど、それ以上のメリットはあるわ」

アズミさんは言った。

「向こうが企業案件を取ってきてくれるようになるし、同じ事務所内のアイチューバーとのコラボもできるわ。

それにアームズは国内でも最大手の事務所だから。テレビ局や広告代理店への太いツテもあるでしょうし。

ＣＭやテレビ出演の話もあるかもしれない」

「おおー」

「そうすれば知名度が上がり、更なる人気の高まりも見込める。手数料の分以上に見返りも大きいはずよ」

アズミさんはそう言うと、

「あたしはこの話は悪くないと思うわ。アームズへの所属。前向きに検討してみてもいいんじゃないかしら」

「イブキさんはどう思いますか？」

僕はイブキさんに話を振る。

「ふむ、そうだな……。向こうが会って話をしたいというなら、一度話を聞いてみるのはアリなんじゃないか？」

確かに。

僕たちの間だけで色々と考えていても仕方がない。実際に会って話を聞くことで初めて分かることもあるだろう。

「じゃあ一度会ってみましょうか」

合意が取れたので、メールに返信することにした。

メールを送ってきてくれたアームズの担当者さんに返信すると、では早速会いましょうという運びになった。

向こうはいつでもいいですよと言ってくれたので、平日の放課後、学校終わりに僕たちは事務所に伺うことに。

都心にある事務所までは電車で一時間ほどあれば行ける。

日取りは決まり、後は向かうだけ。

けれど当日、予想だにしない出来事が起こった。

授業終わりの放課後、アカネさんたちは僕の教室に集まっていた。全員揃《そろ》ったら、電車に乗って事務所に向かう予定だった。

「アズミさん、来ませんね」

アカネさんとカナデさんとイブキさんはすでに揃っていた。だけど、アズミさんは一向に姿を見せなかった。

「何かあったのかな」

「ここの場所が分かってないいんじゃない？」

とアカネさんは言った。

「ほら普段、下級生の教室には来ないだろうし」

「私は目を瞑《つぶ》っていても辿《たど》り着けますが」

「ね」

「アカネさんとカナデさんは足を運びすぎですから」

ほとんど毎日のように僕の教室に来てるし。

「うーん。電話を掛けても繋《つな》がらないですね」

「来ないようなら、こちらから出向くとしよう」

確かにその方が早いかもしれない。

入れ違いになるかもしれないけど、その時はその時だ。

僕たちはアズミさんのクラスに赴くことに。

「アズミさんは確か五組だったから——向こうか」

階段を上って三年生の階層に辿り着き、廊下の角を曲がると、一番突き当たりの五組の教室の前にアズミさんの姿があった。

傍らには女の先生の姿があった。

「アズミさん、何してるんですか？」

「教師による不当な拘束を受けているの！」

「こらこら。人聞きの悪いことを言うな‼ 映画研究部の活動実態について、聞き取り調査をするんだよ」

「聞き取り調査？」

「映画研究部はここ半年ばかり如月《きさらぎ》以外はろくに顔を出してもいないからな。そんな部活を放置しておくわけにはいかん」

教師はそう言うと、

「さあ如月。話をするぞ」

「今日は勘弁してくれる？　どうしても外せない用があるの」

「そうやってずっと逃げ続けてきただろう。今日という今日は逃がさん。しっかりと話をさせて貰《もら》うからな」

教師は如月さんの襟首を摑《つか》むと、連行しようとする。

「ちょっ！　は、放しなさい！」

「あのー。それってどれくらい時間掛かりそうですかね？」

とアカネさんが尋ねる。

「少なくとも、終わる頃に日は暮れてるだろうな」

「…………」

事務所に十七時半に着くと先方には伝えてある。

これだと間に合わない。

アズミさんもそのことを理解していて、なおかつ、教師の魔の手からは逃げられないと悟っているようだった。

「……仕方ないわね。ここはあたしに任せて先に行きなさい」

そう口惜しげに吐き捨てるアズミさん。

「まあ、任せるっていうか、如月さん以外は別に拘束される理由ないし」

とアカネさんが苦笑しながら言った。

「ちゃんと向こうの話は聞いてきますから」と僕はアズミさんに言った。「話し合いは僕たちに任せてください」

「あとで絶対に教えてね！　約束よ!?」

アズミさんは僕たちが去るまでずっと叫んでいた。


アズミさんを残して学校を出た僕たちは駅から電車に乗り、都心に向かう。平日の夕方ということもあって車内は空《す》いていた。

「映画研究部、アズミさん以外は活動してないんですね」

「籍だけ置いてる幽霊部員ってとこだろうね」

とアカネさんが言った。

「言われてみれば他の部員見たことないし」

「部活に入ってるはずなのに、アズミさんが毎回欠かさず僕の家に来られてたのは、他に活動してなかったからか」

「料理研究部も危ないんじゃない？」

「なぜですか？」

「部長の白瀬《しらせ》さん以外は幽霊部員だけでしょ？」

「ユウトくんがいますから」

とカナデさんは断言した。

「それにたとえ料理研究部が滅んだとしても、私とユウトくんがいる限り、料理研究部の魂は永遠に不滅です」

「おお。何だか格好良いな」

とイブキさんが感心したように言った。

「セリフの勢いと雰囲気に流されてるだけだと思いますけど」

一時間ほど電車に揺られていると、目的の駅に到着する。スマホの地図アプリを頼りに最寄りの出口から外に出た。

普段、僕たちが暮らしている街はさほど都会じゃない。

どちらかと言えば、地方の街並みだ。

だから外に出た途端、こちらを圧倒するようにそびえ立つビル群を前に、気圧《けお》された僕は飲み込まれそうになる。

周りにはおびただしい数の人たちが行き交い、背広姿の人たちは皆、戦闘でもしているかのように硬い表情をしている。

これが都会というものか——。

人が住むような場所じゃないような気がする。

地図アプリの表示に従いながら十分ほど歩いていくと、アームズの事務所が入っているビルの前に到着した。

「で、でっか……」

周囲の建物より一際高く、威圧感のあるビルが見下ろしていた。

さすが最大手の事務所だ。

「あんまりビビってたら、相手に舐《な》められちゃうよ？」

アカネさんが笑いかけてくる。

内心を見透かされていた。

ビビってちゃダメだ。気合いを入れないと。

「大丈夫です。私がユウトくんを守ってあげますから」とカナデさんは僕の身体《からだ》をぎゅっと優しく抱きしめてきた。

「私たちがいるんだ。大船に乗った気持ちでいるといい」

イブキさんが胸を叩《たた》きながら微笑《ほほえ》みかけてくる。

そうだ。僕一人だったら不安だったかもしれないけど、皆もいるんだ。そう思うと途端に胸中に平穏が広がっていった。

僕は頬を軽く叩くと、皆と共にビルの中に歩いていった。

顔合わせを終えてビルから出ると、スマホに着信があった。

アズミさんからだった。

「めちゃくちゃ着信が来てる……！」

十分置きくらいに着信履歴がずらりと並んでいた。

「うわホントだ。こっちにも来てる」

「ユウトくんが出られないなら、皆出られないと分かっているはずですが」

　カナデさんが呆《あき》れたように呟《つぶや》いた。

「それだけこちらが気になっていたということだろう。ユウト、連絡してあげてくれ」と
イブキさんが促してくる。

「分かりました」

　僕はアズミさんに電話を掛けてみた。

　ワンコール鳴り終わる前に出た。

『どうだった!?』

「声でっか……」

　耳がきんとした。

「あの、電話越しに説明すると長くなると思いますけど」

『じゃあ、直接会って話を聞かせてちょうだい。ユウトくんの家で待っているわ。という
かもうすでにいるわ』

「ええ!?　どうやって?」

『廊下の水道管の裏に隠してあったでしょう?　赤坂《あかさか》さんや白瀬さんもその方法で入って
いるのは調査済みよ』

「僕の部屋のプライバシーが行方不明だ」

通話を終えると、内容をアカネさんたちにも話した。

アズミさんが家で待っているので、そこで改めて顔合わせの内容を伝えようと。

行きと同じように帰りも電車に一時間揺られる。

最寄り駅に辿り着くと、馴染《なじ》みの街並みを歩き、自宅のアパートに戻った。

部屋の扉を開け、リビングに向かうと、腕組みをしたアズミさんがソファに座りながら僕たちを迎えてくれた。

「おかえりなさい。首を長くして待っていたわ」

「ただいまです」

僕はぺこりと頭を下げ、アズミさんに応える。

「アズミさんの方の話し合いは終わったんですか？」

「ええ。でも今、あたしのことはどうだっていいわ。早速聞かせてくれる？　顔合わせの場でどういう話をしたのかを」

僕たちはそれぞれテーブルを囲むように席についた。

カナデさんは「お茶を淹《い》れてきます」と言い残し、台所に向かう。

カナデさんの出してくれたお茶とお菓子が揃ったところで話を切り出す。

「メールにもあった通り、事務所に所属しないかって打診でした。今よりも人気を上げるお手伝いがしたいって」

「なるほど。条件は？」

「こんな感じみたいです」

僕は持参した通学鞄《かばん》の口を開けると、クリアファイルから一枚の紙を取り出す。

それは事務所の人に最初会った時に渡されたものだ。

そこには僕たちのチャンネルを見た感想や良いと思った点、改善の余地がある点、今後の展開案や契約条件について書かれていた。

「どれどれ……契約の事務所報酬は総収益額の二割。まあこれは想定内ね。問題は事務所が何をしてくれるのかということだけど……ん？」

紙に視線を落としていたアズミさんは、ふと動きを止めた。

「ええ!?」

顔を上げた彼女は、こぼれそうなほど目を大きく見開いていた。

「こ、これ――コラボ予定の相手！　ＤＡＩＫＩＮやドットコム――国内でもトップクラスのアイチューバーばかりじゃない！」

アームズは国内トップクラスのアイチューバーを多数抱えている。

僕たちが事務所に所属した暁には、そのトップクラスのアイチューバーたちとのコラボも企画するとのことだった。

「彼らとコラボできれば、知名度も登録者数も一気に跳ね上がること間違いなしよ！　上のステージに行けるわ！」

「メディアへの露出も考えてるって言ってたよね」とアカネさんが言う。

「メディアに!?」

「向こうは一ノ瀬《いちのせ》さんのことを随分買ってるみたいだったよ。あの運動神経と華があればタレントとしても」

「スポーツ番組のプロデューサーにツテがあるから、イブキさんを紹介したら番組に出演もできると言っていました」

「何だっけ、番組名」

「体育の日TVですよね」

「ゴールデンタイムの番組じゃない!!」

アズミさんの声は裏返っていた。

「それと今後は企画を考えるのもプロの構成作家さんが協力してくれるそうです。そこに考えた企画の一例が載ってます」

「どれもこれも素晴らしい企画ね……！　演者の個性を最大限活《い》かしつつ、独創性のあるものに仕上がっている……！」

アズミさんはそう言うと、

「ひいいいいいい!?」

とうとう悲鳴を上げてもんどり打ってしまった。

「嬉《うれ》しい悲鳴ってホントにあるんだ」

初めて見た。

アズミさんは落ち着きを取り戻すと、僕に尋ねてきた。

「返事は？　もうしてきたの？」

「いえ。アズミさんがその場にいませんでしたから。一度持ち帰って、改めて返答したいと向こうには伝えてあります」

「そう。だけど返事はもう決まってるでしょう？　こんなにも至れり尽くせりの条件なんだもの」

「そのことなんですけど」

僕たちは顔を見合わせると、アズミさんに告げた。

「帰りの電車で話し合いまして。今回の話は断ろうかなと」

「…………は？」

アズミさんはぽかんとした顔になっていた。

しばらくの沈黙の後――。

「……ユウトくん、今、何と言ったのかしら？　あたしの耳がおかしくなければ、断ろうって聞こえたのだけど」

「断ろうって言いました」

「なぜ!?　ホワイ!?　こんなの良いことずくめじゃない！　なに？　収益を向こうに取られるのが気に食わないの!?」

アズミさんは取り乱したように叫ぶ。

「言っておくけど二割取られようが、その分はすぐに回収できるわ！　むしろ二倍三倍十倍も夢ではないのよ!?」

「ああ、いや、そういうことではなく」

総収益の二割を渡すのは問題じゃない。

事務所もお仕事としてアイチューブ運営のサポートを行っている以上、利益を追求するのは当たり前のことだろうし。

「じゃあいったい何に引っかかっているの!?」

「僕たちは僕たちだけでやっていきたいなーって。事務所に入っちゃったら、僕たち以外の人もたくさん参加するから」

帰りの電車で僕たちは話し合った。

事務所に参加したいかどうか。

その結果、この結論に至ったのだった。

「……それは誰が言ったの？　ユウトくんかしら？　だとすれば、あなたの考えをあたしが正してあげるわ」

「洗脳するつもりだよ、あれは」

とアカネさんが僕に耳打ちしてきた。

「目が完全に極まってる……！」

アズミさんが僕の下に歩み寄ろうとした時だ。

「私が言ったんだ」

イブキさんが口を開いた。

「一ノ瀬さんが？」

「顔合わせの場にはたくさんの大人たちがいた。それを見た瞬間、彼らと共に活動するのはあまり気乗りしないと思った」

「気に入らない人がいたということ？　であれば、事務所に交渉すれば、スタッフを入れ替えて貰《もら》うこともできるわ」

「そうではない」

イブキさんは言った。

「私はこう見えても人見知りなんだ」

「は？」

「知り合いでも友達でもない人たちとアイチューバーをしろと言われても、今までのように楽しく活動できそうもない」

それに、とイブキさんは続けた。

「私は皆と遊ぶのは好きだが、労働は好きじゃない。事務所に入れば、アイチューバーの活動が遊びから労働になってしまう」

「だから事務所には入りたくないと？」

「うむ」

頷《うなず》いたイブキさん。

「……そんな甘っちょろい考え、認めないわ」

そう呟いたアズミさんの表情には怒気が滲《にじ》んでいた。

「あなたたちは何も分かっていない。今、あたしたちの目の前にあるチャンスがどれほどの価値を持っているのかを」

「価値……」

「ええそうよ。以前から比べると動画の再生数の伸びは随分と緩やかになり、落ち着いてきている。このままだといずれ停滞する日がやってくるわ。だからこそ、今このタイミングで事務所に所属して更に展開していく必要があるの。上を目指していかない限り、必ず停滞し、やがては落ちてゆく。エンタメを志すのなら常に進み続けなければならない。

そうしなければ、最後に待ち受けるのは緩やかな死よ」

アズミさんはそう言うと、

「あなたたちはそれでいいと言うの？　人気がなくなって、誰からも見て貰えないようになってしまっても！」

その口調には迫真めいたものがあった。その恐怖を知っていなければ出せない、当事者だけが発せる説得力のような。

けれど——。

「それならそれで仕方がない」

不安を煽《あお》られることもなく。

イブキさんはあっさりとそう言い切った。

「……一ノ瀬さん。特にあなたはアイチューブの収益で生活費を稼いでいる。それがなくなると困るんじゃないの？」

「……そうだな」

イブキさんは頷いた。

「だが私はその気になれば、月四万八千円で生きていける。アイチューバーがダメになっても何か別のことをするさ」

「…………っ！」

その言葉を聞いて顔を歪《ゆが》めるアズミさん。

僕はぼそりと呟《つぶや》いた。

「家賃以外はどうするつもりなんだろう」

「全部ユウトくんに頼る気なんじゃない？」

「ええー」

イブキさんのことだからあり得えそうだ。

「それに今まで通り、楽しくやりながらでも上は目指せると思うぞ？」

「甘っちょろい考え方すぎて、反吐《へど》が出るわ」

アズミさんは嫌悪を示すように顔を歪める。

「……あなたたちも同じように考えているということかしら？」

そして僕たちに視線の矛先を向けてきた。

「月四万八千円で生きていけるかって話？」

「違うに決まってんでしょ！」

「おお、こわ」

アカネさんはちょっと気圧《けお》された様子になると、

「まああたしは元々、一ノ瀬さんの付き合いで始めたから。それに、個人的にも事務所は
あんまり乗り気にはなれないかな」

「私はユウトくんといっしょにいる時間が減るのであれば反対です」

「……そう。あなたたちの気持ちは分かったわ」

アズミさんは観念したようにそう言うと、

「一対四。あたしの負けね」

ふっと口元に自嘲的な笑みを浮かべる。

「……どうして分かって貰えないのかしら」

そして呻《うめ》くようにそう絞り出した。

無念さを滲ませるように。

「あれ？　どこに行くんですか？」

踵《きびす》を返したアズミさんに僕は尋ねる。

「今日はこれ以上話していても埒《らち》が明かないから。頭を冷やすために帰るわ。あなたたちも夜道には気を付けて」

「もう遅いですし、送っていきますよ」

「いいえ。結構よ」

そう言い残すと、有無を言わさずに出ていった。

バタン、と玄関の扉が閉まる。

「如月《きさらぎ》さん、凄《すご》く怒っていたな」

「そうですね……」

「夜道に気を付けてって台詞《せりふ》、今のあの人が言うと別の意味に聞こえるね」

とアカネさんが茶化すように呟いた。

そうしないといけないほど、その場の空気は重苦しかった。


その後。

僕たちは今後の方針について改めて話し合った。

アズミさん以外は事務所には入らないという意見で、多数決に従うのならこのまま先方に辞退の旨を伝えてもいいはずだ。

けれど、アズミさんが納得していない以上、それをしようとは思えなかった。

僕たちの意見を押し通してアズミさんの意見を押し潰してしまえば、彼女との間に歪みが生まれてしまうだろうから。

それはいつか致命的な決裂を生む芽になり得る。

アズミさんは仲間だ。

これからもいっしょに活動したかった。

「僕が何とかアズミさんを説得してみます」

アズミさんにも納得して貰った上で先に進みたい。

非情さが足りない、甘えだと断じられてしまうかもしれないけれど。

仕方なかったと割り切ることはできない。

そこまでまだ、僕は大人になることができなかった。

夜が明けると、朝が訪れ、学生の僕たちはいつものように登校した。全ての授業を終えると窓の外の空は赤く滲んでいた。

放課後。

教室を出た僕はアズミさんの下へと向かった。

三年生の教室が並ぶ階層に着くと、廊下の突き当たりにある五組の教室に。

僕よりずっと大人びて見える帰宅途中の上級生たちの間をすり抜けると、恐る恐る教室の中を覗《のぞ》き込んだ。

アズミさんの姿は見当たらない。

「どうかしたか？」

「うわっ!?」

慌てて振り返ると、そこにはこのクラスの担任の先生の姿が。

どこかぶっきらぼうな印象を受ける女性。

以前、アズミさんの首根っこを摑《つか》んで拘束していた人だ。

映画研究部の顧問でもあったはず。

「如月さんを探してるんですけど」

「あいつならもうとっくに出ていったぞ？　終礼が終わるとすぐに。記録でも目指してるかのような勢いでな」

「そうなんですか……」

入れ違いになってしまったのだろうか。

「教えてくれてありがとうございました」

僕が先生にお礼を言い、踵を返そうとした時だ。

「ちょっと待った」

「はい？」

「小耳に挟んだのだが。君たちはアイチューバーとして活動してるそうだな。如月もそこに参加しているというのは本当か？」

「はあ」

どうしたんだろう急に。

「やはりそうか。道理でな」

「？」

「いや、ここ最近のあいつは随分と楽しそうにしていたからな。新しく打ち込めるものが見つかったのかと思ってたんだが。

……そうか。ようやく映画研究部以外の居場所を見つけたんだな」

何か含みのある言い方だった。

気になった僕は尋ねてみる。

「あの、この前、アズミさんと先生が話してるのを聞いたんですけど。映画研究部って今は活動してないんですか？」

「ん？　まあ、如月以外の部員は皆、幽霊部員状態だからな。去年までは全員が出てくる活気のある部だったんだが……。ちょっと色々とあってな。それ以来、如月以外の部員は出てこなくなってしまったんだ」

「そうなんですか」

と僕は言った。

「その、不躾《ぶしつけ》かもしれないですけど、色々あったって言うのは、アズミさんが新入生歓迎会でサブリミナル映像を流したっていう話ですか？」

「はは。違う違う、それじゃない。というかその話、下級生にも伝わっているんだな。まあムリもないか。むちゃくちゃだものな」

先生は苦みの混じった笑い声を上げると、

「映画研究部は去年まで自分たちで映画を撮ってたんだよ。けど、懸命に作ったその作品のせいでバラバラになってしまってな――」

そう言うと、事情を話してくれた。

その後、僕は先生からアズミさんの話を聞いた。


先生から話を聞き終えた後、校内を探し回ってみたけれど、アズミさんはいなかった。すでに下校してしまったのだろう。

スマホでメッセージを送ってみる。

しばらくすると返信が来た。

『今、河川敷のところにいるわ』

学校から歩いて十分くらいのところにある河川敷。バイト先のコンビニの帰り道に僕も通ることがある馴染《なじ》みの場所だ。

僕は足早に向かうことにした。

赤い陽《ひ》に照らされた河川敷――その堤防のところにアズミさんの姿はあった。制服姿の彼女は芝の斜面の上に座っている。

「アズミさん」

「あら、早かったわね」

僕を見かけると、アズミさんは顔を向けた。

「隣いいですか」

「ええ」

失礼します、と言ってからアズミさんの隣に腰掛ける。

「考え事をしたり、頭を冷やしたりする時はここに来るの。映画研究部として活動してる時は毎日のように来ていたわ」

アズミさんは遠くの水面を眺めながらそう呟いた。

「あたしに話があるのよね？」

「はい」

「恋愛相談かしら」

「はい？」

僕は意表を突かれた。

「どうしてそうなるんですか？」

「よくあるのよ。同じチームで活動してるうちに仲間の異性に好意を抱くことは。映画研究部でもあったわ」

アズミさんはそう言うと、

「それで好きになったのは誰？　赤坂《あかさか》さん？　白瀬《しらせ》さん？　それとも一ノ瀬《いちのせ》さん？　まさ

か大穴であたしだったり？」

「ち、違いますよ。そういうのはないです」

　と僕は慌てて否定する。

「アイチューバー活動の話をしにきたんです」

「なに？　やっとあたしの言っていたことが理解できたのかしら？　事務所に所属する気になったってこと？」

「そうではないんですけど」

「じゃあ話をする必要はないじゃない」

「アズミさんにも分かって欲しくて」

「だったらなおさらよ。多数決で事務所に入らない意見が勝った。なら、それで話を進めれば良い。あたしと話をする必要なんてない」

「アズミさんが納得しないまま進めようとは思わないです」

「どうして？」

「仲間だからです」

　僕は即座にそう口にした。

「これからもいっしょにやっていきたいから、しこりを残したくはなくて。ちゃんと納得できるまで話せたらなって」

「……やっぱりユウトくんは甘いわね」

「その、アズミさんが上を目指し続けることにこだわってるのは、映画研究部でのことがあるからですか？」

「……それ、誰から聞いたのかしら？」

「アズミさんを説得しようと教室まで行った時、アズミさんの担任の先生がいて。映画研究部の顧問ですよね。それで」

「その様子だと全部知ってるみたいね。……全く。あの人、プライバシーって言葉を知らないのかしら」

アズミさんは苦々しげに呟《つぶや》いた。

「まあ、あたしも知らないからどっこいどっこいだけど」

「………………」

確かにそうですねと同調しそうになるのを堪《こら》えた。

代わりにこう言った。

「映画研究部が今、事実上の活動休止状態になってるのは、自分たちで映画を撮るようになったのが原因なんですよね」

「ええ、そうよ」

アズミさんは頷《うなず》いた。

「映画好きが高じて、見てるだけじゃなくて、撮ってみようということになったの。幸い、機材は先輩たちが残したものがたくさんあったから。

最初はただ、撮っているだけで楽しかった。自分たちの思い描いたものが、映像という形になるのが嬉《うれ》しくて堪《たま》らなかった。だから皆、夢中で撮り続けた。それ以外、他に何もいらなかったから。

けれどしばらくそうしていると、ただ撮るだけでは飽き足らなくなってきた。皆で作品を作って文化祭で流してみようということになったの。毎日無我夢中で撮って、休みの日にも皆で集まって映像を作った。文化祭で流したら、お客さんは少なかったけれど、上映後に教室に拍手が広がっていった。その快感にあたしも含めた全員、心を摑まれた。多幸感が全身を満たしていくのが分かった。こんなに気持ちいいことが世の中にあるんだ、とその時に初めて知った気がした。

そのうち誰かが言い出した。今度はコンクールに出してみないかって。もっと大勢の人に自分たちの作品を見て貰《もら》いたい。評価して貰いたい。誰かが言い出したけど、その想《おも》いは部員の誰もが抱いていたことだった。

すぐに次の目標が決まったわ。他のことは全部そっちのけで部活に打ち込んで、毎日が文化祭の前みたいに慌ただしかった。

そしてとうとう完成した作品をコンクールに応募した。

あたしたちは皆、褒めて貰えると思っていた。文化祭の時みたいに。審査員たちに拍手喝采で迎え入れられると思っていた。

けれど、結果はボロボロだった。作品をこれ以上ないくらいに貶《けな》されて、あたしたちの幻想は粉々に打ち砕かれた。

心を折られたあたしたちは人に作品を見せるのが怖くなった。また誰かが言ったわ。今までみたいに自分たちで楽しむために撮れば良いじゃないって。……いや、これを言ったのは覚えているわ。あたしよ。皆も頷いてくれた。

だけどそうはいかなかった。

今まで通り皆で楽しく撮ろうとしても、今までのような楽しさはなくて。やっぱり評価が気になるようになった。

これは面白くないんじゃないか。ウケないんじゃないか。コンクールに出した時みたいにまたボロクソに扱《こ》き下ろされるような、価値のないものなんじゃないか。

そう考え始めると止まらなかった。その恐怖心はあたしたちを萎縮させて、今までのように楽しく作品を作れなくなっていた。

今までの全能感が嘘《うそ》のように、逆流して牙を剝《む》くかのように精神を毒してきた。

部員たちは次々と映画を撮るのを辞めてしまった。部活にも出てこなくなって、気づいたらあたししか残っていなかった。

自分たちだけで完結していればずっと幸せでいられた。

他の人の評価を求めなければ、あたしたちは楽園を追放されることもなかった。

だけど、他人に評価される喜び――その禁断の果実を食べてしまった以上、あたしたちはもう元には戻れなかった。

一度他者から評価される喜びを知ったあたしたちが幸せになるためには、常に高い評価を得続けなければならない。勝ちを積み重ねることでしか幸せになれない。

それは上っている時はいいけれど、落ちる時には地獄のような苦痛を伴う。

常に足を前に出して進み続けなければ、その場に留《とど》まり続けることはできない。でないとすぐにダメになってしまう」

アズミさんは過去を映した水面から視線を動かすと、僕を見据えた。

「あたしはあの時のような思いをあなたたちにはして欲しくない。あんな、屈辱的で息の詰まるような苦しみを」

夕陽《ゆうひ》で赤みがかったその眼差《まなざ》しは、切実だった。

アズミさんが人気にこだわるのは、勝つことに執着するのは、それを得られずに壊れてしまった自分たちの経験があったから。

だけど。

「……僕は事務所の人の話を聞いた時、直感的にイブキさんと同じように事務所に入るのは気が進まないなって思ったんです。

それはどうしてなのかってずっと考えていて。

僕も人見知りする方だから、知らない大人の人が入ってきたり、コラボ相手と関わるのは気が重いなっていうのがあって。でもそれが本質じゃなくて。

思い返してみたら、一番気持ちが重たくなったのが、これからの企画は事務所で作家の人たちと考えようって提案された時だったんです。

そうなったら、今みたいに週末に僕の家に集まって企画会議ができなくなる。それが何よりも抵抗あるなって思って。

だけどそこまで企画会議自体が好きなわけじゃなくて。というかむしろ、良いアイデアが出ない時間は苦しいし、ギスギスした空気になるしで、あんまり好きじゃないと言えるんですけど。でも何て言うのかな……そう、僕は皆で集まって何かするあの時間が、空間が好きというか。そこに大人の人たちを入れたくないなって思ったんです。作家さんたちはお仕事としてやってるから。僕たちの時間を、仕事にはしたくないっていうか。そこは切り分けたいと思ったんです。

だから、お金とか大勢の人に評価されることより、皆で夜中まで過ごすあの時間を大事に思ってたんだなって」

カナデさんさんがお茶を淹《い》れてくれて。

アズミさんの音頭で企画案を出し合って。

アカネさんが到底実現できそうもない突拍子もないアイデアを出して。

他の皆がツッコんだり、笑ったり、呆《あき》れたりしている中、イブキさんだけは大真面目にどうすればいいかを検討していて。

僕はそんな時間を過ごすのが好きだった。

「……あなたも一ノ瀬さんと同じね」

アズミさんは呆れたように呟いた。

「動画の再生数が落ちていくのが、人気が目に見えてなくなっていくのが、どれほど辛《つら》いことなのか分かっていない。

他人に評価される喜び――その禁断の果実を食べてしまった以上、あたしたちはもう元に戻ることはできないの」

「僕は戻れると思います」

「……なぜそう言えるの？」

「だってほら、見てください」

僕が視線を動かした先には、グラウンドがあった。

河川敷の高架下のグラウンド――そこにはユニフォーム姿の小学生たちがいて、威勢の良い声を張り上げながら野球に興じていた。

その中に頭一つ分背の高いジャージ姿の女子がいた。

「あれは――一ノ瀬さん？　何をしているのかしら」

「少年野球のコーチ業だそうです。子供たちと野球をしてる時にスカウトされて、月にいくらか謝礼も貰ってるって」

「……随分と楽しそうね」

グラウンドで子供たちを相手にボールを投げ込むイブキさんは、グラウンドにいる誰よりも心から楽しんでいるように見える。

夕陽に照らされて、キラキラと輝いていた。

「謝礼を貰ってるって言っても、月に一万円とかそこらだと思います。どれだけ多くても五万を超えることはないでしょう。今のイブキさんからすると、動画撮影に時間を使った方がずっとお金になりますし、皆からも評価されると思います。だけど、イブキさんは今もこうしてコーチ業を続けている」

「それは……楽しいから？」

「それもあると思います。けど」

「けど？」

「イブキさんはきっと、周りに評価されることとか、大金を貰うことより、自分にとっての大事なものが何か分かってるんだと思います」

イブキさんは人からの評価とか、必要以上の大金に振り回されたりしない。自分の魂を世の中に委ねたりはしない人なんだろう。

「それに、たぶんですけど、アズミさんの言う道を進んだとしたら、ずっと苦しみ続けないといけないと思うんです。

人気を得ることとか、お金を得ることとかを求めようとしたら、終わりのないレースを走り続けないといけない。

そうなるといつか疲れてダメになってしまう」

「…………」

「だから、降りるなら今だと思うんです。そして、僕たちなら降りることができる。お金や人気に惑わされずに活動することが」

「……ユウトくんは本当にそう思っているの？」

「はい」

僕は力強く頷いた。

「それに楽しみながらでも上を目指すことはできると思いますよ」

「何を根拠に」

「だって僕たちにはアズミさんがいますから」

「え？」

「アズミさんは僕たちにとって、頼りになるプロデューサーですからね」

「……あなたはあたしのことをまだそう言ってくれるのね」

「僕だけじゃないです。皆、そう思ってます。プロデューサーだし、仲間です。でないと説得しにきたりしません」

「……情に訴えられると、意外と弱いのよね」

細い声でそう呟くと、アズミさんはふっと笑みを浮かべた。

「ユウトくん、後でメールを打っておいてくれないかしら」

「メール？」

「事務所まで行って、辞意を伝えないといけないでしょう？　あたしもあなたたちと共に頭を下げにいくわ」

「じゃあ……」

「今回はあなたたちの意見に賛同してあげる。だけど、だからと言って、上を目指すことを諦めたわけじゃない」

アズミさんはそう言うと、

「これからもビシバシやっていきましょう。楽しくね」

「はい！」

僕は頷《うなず》いた。

「だけど、アズミさんは事務所に行った時にはいなかったし、わざわざいっしょに来て頭を下げなくてもいいような……」

「そういうわけにはいかないわ」

アズミさんは言った。

「だって、あたしはあなたたちのプロデューサーだもの」

その表情は、吹っ切れたように清々《すがすが》しかった。

# エピローグ



その後、僕たちは事務所の人たちに辞意を伝えにいった。

怒られるかも――と内心ビクビクしていたけれど、

『残念だけど君たちが決めたことなら仕方ありません。これからの皆さんの活動もファンとして応援させて貰《もら》いますよ』

事務所の人たちは温かく受け入れてくれた。

とても良い人たちだった。

そして僕たちは元通り自分たちだけで活動を続けていた。

週末。

僕がコンビニのバイトを終えて家に帰ると、僕の部屋にはすでに企画会議をするために姉の友人たちが集まっていた。

「おおユウト、帰ったか」

「ユウトくんおかえりー」

「お待ちしておりました」

すっかり自宅のようにくつろいでいる姉の友人たち。

その中にはアズミさんの姿もあった。

「ユウト、例のものは」

「持って帰ってきましたよ。廃棄のお弁当」

「おお！　ありがたい！」

イブキさんは僕から受け取ったコンビニ弁当を、愛《いと》おしげに抱きしめる。

「もうお金あるんだから、自分で買えばいいのに」

「タダで貰えるのだから、その方がいいだろう」

「タダより高いものはないと言いますが」

「そんなものはない！　タダはタダだ！」

イブキさんはそう言うと、僕に向き直り、

「ユウト、ありがとうな」

「お弁当のことですか？　別にいいですよ」

「いや、そうではなく」

イブキさんはこほんと咳払《せきばら》いをした。

「お前にはとても世話になっているからな。ご飯のこともちろんだが、お風呂を貸して貰ったり、アイチューバーの活動を手伝って貰ったり。本当に感謝してもしきれない。だから、その、なんだ」

イブキさんは気恥ずかしそうに言うと、

「これからもどうか、よろしく頼む」

深々と頭を下げてきた。

「そんな、頭なんて下げないでください」

僕は慌ててイブキさんに言った。

「だが、お前には迷惑を掛けっぱなしだからな」

「迷惑だなんて」

僕は言った。

「呆《あき》れることはありますけど、でも、僕はイブキさんのことが好きですから。それを嫌だとは思いませんよ」

「……む。そうか？」

イブキさんはきょとんとすると、

「しかし、改まってそう言われると、照れてしまうな」

嬉《うれ》しそうに微笑《ほほえ》んだ。

「私もユウトのことは好きだぞ！」

「私の方がユウトくんを好きですが」

「ユウトくんモテモテだねー」

カナデさんとアカネさんが割って入ってくる。

わいわいと賑《にぎ》やかだ。

「さあ、皆揃《そろ》ったことだし、早速始めましょうか。次の動画の企画会議を」

アズミさんが音頭を取り、僕たちはああだこうだと話し合う。

カナデさんがお茶を淹《い》れてくれて。

アカネさんが到底実現できそうもない突拍子もないアイデアを出して。

他の皆がツッコんだり、笑ったり、呆れたりしている中、イブキさんはコンビニ弁当を美味《おい》しそうに頬張っていて。

僕はそんな光景を眺めるのが、嫌いじゃない。

事務所所属を蹴った僕たちが、この先も人気を保ち続けられるのか。

今よりも人気が出るかもしれないし、アズミさんが危惧していた通り、停滞して落ちていってしまうかもしれない。

人気がなくなっても、お金や評価に囚《とら》われず、楽しさを糧に続けていけるかもしれないし、そうじゃないかもしれない。

僕はきっと続けていけると信じているけれど、それも希望的観測であって、確かなことじゃない。

けれど一つ、確かに言えることは。

いつか年を取って、今この時間を振り返った時、それは全てキラキラと輝いているだろうということ。

それだけは間違いないと、そう思った。

# あとがき

お久しぶりです。友橋かめつです。

二巻は皆で動画配信者として活動するという話でした。

集団で何かを作るというのは青春って感じがしますね。


かくいう僕もそういったことには憧れがありました。

僕が高校生の頃はノベルゲームが流行《はや》っていて、それを多くプレイした人が凄《すご》いオタクだみたいな雰囲気がある時代でした（気のせいだったかもしれませんが……）。

僕はノベルゲームにどっぷり嵌《は》まっていた人間で、将来はゲームのシナリオライターになりたいなあと思っていました。

狭いアパートの一室で同じ志を持った仲間たちと最高に面白いノベルゲームを作るために昼夜を問わず魂を削って書きまくる――。

そういった光景に憧れていました。

今の高校生だと、集団で何か作ろうと思うのなら、動画配信をしてみようということになるんじゃないかなあと思うのですが、どうなのでしょう。

集団で物作りをすることに憧れを抱いていた僕ですが、結局ゲームのシナリオライターではなくラノベ作家になりました。

狭い部屋で一人シコシコと文章を書き続ける毎日です。

おかしい……こんなはずでは……。


以下、謝辞となります。

担当のHさん、今回も大変お世話になりました！　そしていつも以上にご迷惑をおかけいたしました……！　2巻が完成したのはHさんのおかげです……！

えーるさん、素敵なイラストをありがとうございました！　毎回イラストを拝見する度に歓喜の声を上げていました。

真木《まき》ゆいちさん、リバーシブルカバーと章末イラストを描いていただきありがとうございました！　章末イラストのSDキャラ、とても可愛《かわい》いです！

また刊行に関わってくださった方々にも感謝を。

そして何より読者の皆さんに最大級の感謝を。少しでも楽しんでいただけたなら、これに勝る喜びはありません。

またどこかでお会いできたら嬉《うれ》しいです。

それでは！

## 作品のご感想、<br>ファンレターをお待ちしています

あて先

〒141-0031
東京都品川区西五反田 8-1-5 五反田光和ビル4階
オーバーラップ文庫編集部
「友橋かめつ」先生係／「えーる」先生係／
「真木ゆいら」先生係

OVERLAP

# 一人暮らしを始めたら、姉の友人たちが家に泊まりに来るようになった 2

発　行　2022年9月25日　初版第一刷発行

著　者　友橋かめつ

発行者　永田勝治

発行所　株式会社オーバーラップ
〒141-0031　東京都品川区西五反田8-1-5

校正・DTP　株式会社鷗来堂

印刷・製本　大日本印刷株式会社


Printed in Japan　ISBN 978-4-8240-0268-6 C0193


オーバーラップ　カスタマーサポート
電話：03-6219-0850／受付時間 10:00～18:00（土日祝日をのぞく）

オーバーラップ文庫
Sランク冒険者である
俺の娘たちは
重度のファザコンでした
コミックガルド
にて
コミカライズ
連載中!
[最強の娘に愛されまくり!?]
将来を嘱望されていたAランク冒険者の青年カイゼル。しかし、彼はとある事情で拾った3人の娘を育てるために冒険者を引退し、田舎で静かに暮らしていた。時が経ち、王都に旅立ったエルザ・アンナ・メリルの3人娘たちは、剣聖やギルドマスター、賢者と称され最強になっていた。そんな娘たちに王都へ招かれたカイゼルは再び一緒に暮らすことに。しかし、父親が大好きすぎる娘たちは積極的すぎて――!?
著 友橋かめつ　イラスト 希望つばめ
シリーズ好評発売中!!

オーバーラップ文庫
親が再婚。
恋人が俺を
おにぃちゃん♥
と呼ぶようになった
「お義母さんたちには見せられないね、
おにぃちゃん♥」
同じ図書委員の鳥井寧々花と付き合うことになった、高校生の森田大貴。その彼女が、母の再婚により突如「義妹」に！　付き合っていることがバレると、厳しいルールを設けられてしまうと危惧した2人は、表向き兄妹として振る舞うのだが……？
著 マリパラ
イラスト ただのゆきこ
キャラクター原案・漫画 黒宮さな
シリーズ好評発売中!!

オーバーラップ文庫
ネトゲの嫁が人気アイドルだった
～クール系の彼女は現実でも嫁のつもりでいる～
「私たちは恋人じゃないわ。――夫婦よ」
「えっ？」
同級生のアイドルはネトゲの嫁だった!?
悶絶必至の青春ラブコメ！
ごく平凡な男子高校生の俺・綾小路和斗には嫁がいる――ただしネトゲの。今日もそんなネトゲの嫁とゲームをしていたら、『私、水樹凜香』ひょんなことから彼女が、憧れだった人気アイドルだと発覚し!?　クールでちょっと愛が重い『嫁』と過ごす青春ラブコメ!
著 あボーン　イラスト 館田ダン
シリーズ好評発売中!!

オーバーラップ文庫
カメラ先輩と世話焼き上手な後輩ちゃん
Camera - Senpai to Sewayaki Iyouzu na Kouhai - Chan
第8回オーバーラップ文庫大賞
銀賞
［わたしを撮ってくれますか……？
先輩♥］
天才的な撮影技術を持つがおっぱいを撮ることにしか興味がない高校生・神崎彩人。
究極の美「おっぱい写真」を撮ることが目標の彩人は、後輩で助手の白宮雪希とともに、理想のおっぱいを持つかもしれない美少女に次々と声をかけていくのだが——!?
著 美月 麗 イラスト るみこ
シリーズ好評発売中!!

第10回 オーバーラップ文庫大賞
原稿募集中!
イラスト:冬ゆき
キミが物語の王様
【賞金】
大賞…300万円
(3巻刊行確約+コミカライズ確約)
金賞……100万円
(3巻刊行確約)
銀賞………30万円
(2巻刊行確約)
佳作………10万円
【締め切り】
第1ターン 2022年6月末日
第2ターン 2022年12月末日
各ターンの締め切り後4ヶ月以内に佳作を発表。通期で佳作に選出された作品の中から、「大賞」、「金賞」、「銀賞」を選出します。
投稿はオンラインで! 結果も評価シートもサイトをチェック!
https://over-lap.co.jp/bunko/award/
〈オーバーラップ文庫大賞オンライン〉
※最新情報および応募詳細については上記サイトをご覧ください。
※紙での応募受付は行っておりません。